연민 이가원 시선

우리
한시
선집

200

연민
이가원
시선

허경진

보고사

머리말

한동안 신문에 "이 시대 마지막 선비가 세상을 떠났다"는 기사가 실렸다. 문중 제자들이 신문사에 소개한 내용을 그대로 쓰다 보니 마지막 선비가 여러 명이 된 셈인데, 그런 식으로 말하자면 정말 마지막 선비가 바로 연민 이가원 선생이다.

집안에서 일본식 교육을 거부하여 소학교에도 가지 않고 조부에게 한문을 배웠으며, 평생 한자로 시를 짓고 편지를 썼다. 퇴계의 후손으로 가학을 이어받으면서도 조선이 망한 까닭 가운데 하나가 학자들의 공리공론임을 깨달아 실학 서적을 읽었으니 일찍이 참다운 선비의 길을 찾았다고 할 수 있다. 그러면서도 이미 신학문의 시대가 된 것을 알았기에 23세에 명륜전문학원에 입학하여 신학문도 아울러 배웠으니 광복 뒤에 대학원에 진학하고 대학교수가 될 수 있었던 자격까지 그 암울한 시기에 마련해 놓은 셈이다. 연민선생 시대에 비슷한 한학자와 시인들이 여러 분 계셨지만 대부분 대학교수가 되지 못하고 한학자로 일생을 마치셨으니, 연민선생이야말로 전통과 현대를 아울러 갖춘 처음이자 마지막 세대의 선비라고 할 수 있다.

나는 대학교 2학년 강의실에서 연민선생을 처음 만났으니 벌써 46년 전의 일인데, 한문강독을 하시다가 쉬는 시간에 이따금 한시를 읊으셨다. 그때는 무슨 내용이지 잘 몰랐지만 어떤 때는 선현들의 시를 외우셨고, 어떤 때는 새로운 시를 지으셨다. 2년 뒤에 대학원에 입학하여 선생님 연구실에 들어가게 되자 선생님이 시 짓는 모습을 더 자주 볼 수 있었다. 이따금 흥이 나시면 한시를 지으셨는데, 한번 읊어보고 종이에 쓰신 뒤에, 나더러 읽어보라고 주셨다. 대부분 운서도 찾지 않고 시를 지으셨는데, 이따금 마땅한 글자가 생각나지 않으시면 운서를 찾아 적당한 글자를 고르셨다. 그래서 선생님의 가방에는 언제나 『어정시운(御定詩韻)』과 파이프, 담배쌈지가 들어 있었다. 그래서인가 연민선생의 시를 읽다 보면 파이프를 통해 연구실에 가득 퍼지던 담배향기도 느껴진다.

연민선생의 한시의 특색은 선조 퇴계선생의 시와 마찬가지로 온유돈후(溫柔敦厚)한 분위기이지만, 그 한쪽에는 군부독재와 부정부패에 대한 비판이 서려 있다. 이승만 대통령의 독재를 비판하며 하야 권고문을 썼다가 성균관대학 교수직에서 파면당하던 시기에 지은 시들이 자유당 독재에 대한 비판이라면, 육영수 여사와 박정희 대통령 피살 소식을 듣고 지은 시는 공화당 독재에 대한 비판이며, 이한열의 죽음과 연희궁 속에서 데모대의 외침 소리를 듣고 벌벌 떠는 전두환 부부를 풍자한 시는 민주정의당 독재에 대한 비판이다. 현대시에서 4·19혁명에 관한 시는 많지만 박정희 대통령이나 김일성 주석의 죽음에 대한 시는 거의 보지 못했으니, 연민선생의 한시야말로 이 시대의 즐거움과 아픔을 모두 기록했다고 볼 수 있다.

연민선생이 팔십 세까지 지은 시를 세어보니 모두 2,157수나 되었다. 20세부터 계산하더라도 1년에 평균 30수 넘게 지으신 셈이다. 예전 예법에 따라 부친상이나 조부상을 당한 해에는 시

를 짓지 않았으니, 1년에 40수 넘게 지으신 것이다. 80세 이후에
도 많은 시를 지으셨으니 한국문학사에서 가장 많은 한시를 지은
몇 시인 가운데 한 분이라 할 수 있는데, 우리 선조들과는 달리
세계 각국을 여행하시면서 지으신 한시가 많으니 글자 그대로
국제적인 시인이다. 우리나라 마지막 시인 연민 이가원 선생의
탄신 백주년을 맞아, 한국의 한시 200번으로 연민선생의 시선집
을 출판한다.

2017년 1월
허경진

◇ 연민선생께서 한시를 출판하실 때에 운자(韻字)에 。부호를 사용하셨다. 이
　시선집은 연민선생의 문집 6종을 대본으로 사용했으므로, 운자(韻字)에는
　마침표가 아니라 。부호를 사용하였다.
◇ 「한국의 한시」 총서 200번으로 출판하는 책이므로, 본문에서는 다른 시선집
　과 마찬가지로 선생이라 쓰지 않고 시인의 호를 그대로 썼다.

차례

5   머리말

13   봄날(1928)

연연야사재문고(광복 이전)

17   목동의 피리소리(1931)

18   고양이가 대추나무에 오르는 날(1931)

19   꿈에서 아우 춘초 국원에게서 한 구절을 얻고
      마저 이루다(1938)

21   추석날 밤에 설여와 함께 낙촌을 찾아가(1939)

23   분황사(1939)

24   산강선생이 『장소칠율집』 한 책을 주셨기에 절구
      한 수를 집구하여 감사하며 드리다(1942)

25   모릉대(1942)

26   칠월 십육일 밤에 양전 옹의 댁에서 큰 비바람이
      불어닥치기에(1942)

28   내 문집 뒤에 써준 담원의 시에 차운하여(1943)

30   계초 방응모의 환갑을 축하하는 시(1943)

연연야사재문고(광복 이후~1966)

35 용강 곽종우·우련 정우현과 함께 안양암을 찾아가다(1948)

36 춘강 변종헌의 죽음을 슬퍼하며(1949)

38 우련과 송수관을 다시 찾아가다(1949)

39 농아가를 들으면서(1950)

40 공초 오상순의 청동문학에 쓰다(1954)

42 성균관대학교 총장에서 파면된 심산 김창숙 옹의
    시에 차운하여(1956)

44 은주에게(1957)

46 국가보안법에 항의하는 심산 김창숙 옹께(1958)

49 유석 조병옥 박사의 죽음을 슬퍼하며(1960)

50 김구 선생이 암살당한 지 11주년이 되는 날(1960)

53 이승만 동상(1960)

55 사자들의 울부짖음을 기억하며(1963)

57 창포고석을 선물한 송은 이병직에게(1963)

59 도남 조윤제 박사의 환갑을 축하하며(1963)

61 아버님께서 부쳐주신 시에 삼가 차운하다(1963)

63 문학박사 학위를 받고(1966)

연민지문(1967~1972)

67 여러 가지 생각(1968)

70 외솔 최현배 박사의 죽음을 슬퍼하며(1970)

71 어머님이 그리워(1970)

72 작은 부채에 시를 써서 아내 손진태에게 주다(1971)

73 손자 창남이 태어나 기쁘기에(1971)

통고당집(1973~1977)

77 육영수 여사의 죽음을 슬퍼하며(1974)

78 동짓달 이일은 차녀 혜랑이 시집가는 날인데
   맑은 아침에 반가운 까치가 와서 울다(1974)

79 완당의 고택을 다시 찾아보며(1977)

81 수승대(1977)

정암문존(1978~1984)

85 죽은 아내 숙요 유명영을 꿈에 보고(1979)

86 박정희 대통령의 피살 소식을 듣고(1979)

88 보스톤을 떠나면서(1983)

90 라스베이거스 밤 경치(1983)

91 하와이(1983)

92 허권수 군이 내가 연세대학교에서 정년퇴임한다는 소식을
   듣고 시를 보내왔기에, 그 시에 차운해서 답으로 부친다(1984)

94 함부르크에서 동독을 지나가며(1984)

95 서베를린(1984)

96 파리를 떠나면서(1984)

98 차가 더 좋은지 술이 더 좋은지(1984)

유연당집(1985~1989)

101 열상고전연구회의 여러 친구들이 춘천의 강원대학교에
    모여 발표하고 아울러 여러 명승지를 탐방하다(1986)

103 도연명의 음주 시에 화운하다(1986)

106 독립기념관이 공사중에 불 탔다는 소식을 듣고(1986)

108 꿈 이야기(1986)

110 내가 일흔이 되었다고 환재가 축하시를 보냈으니
화답하지 않을 수 없기에(1987)

112 화병에 꽂은 국화(1987)

113 이한열 청년의 죽음을 슬퍼하며(1987)

115 어찌하면 좋을까(1988)

만화제소집(1990~1997)

119 칠월 팔일에 조선인민공화국 주석 김일성이 서거했다는
소식을 듣고(1994)

120 조선문학사 원고가 이루어지다(1996)

122 혼인 육십 주년 되던 날 밤(1996)

부록

127 금강산 기행시

155 원문차례 · 찾아보기

봄날

　나는 열두 살 때에 집안 어른 동전 중균[1] 옹께 배웠다. 하루는 옹이 시험삼아 시를 지어 보라 말씀하셨는데, 제목은 『춘일즉사』였다. 내가 한 연을 지었다.

어린 사슴은 성긴 나무 옆을 천천히 지나가고
꾀꼬리는 녹음 속에 누워 있구나.

稚鹿懶行疎樹外、黃鶯臥在綠陰中。

　옹께서 붓을 휘둘러 황앵녹음(黃鶯綠陰) 부분에 크게 칠하시면서 말씀하셨다. "이것이 어찌 운을 맞춘 말인가." 그 다음날 또 「목동」이란 제목을 내셨는데, 내가 결구를 이렇게 지었다.

저녁 해는 뉘엿뉘엿 돌아가는 것이 느린데
소 등에 한 사람 목동이구나.

斜陽歷歷歸來晩、牛背一人是牧童。

　옹이 매우 칭찬하고, 우배일인(牛背一人) 구절에 붉은 동그라미를 여러 번 그리며 말씀하셨다.
　"이렇게 점점 사람의 마음을 아는구나."

1 이중균(李中均, 1861~1933)은 조선 말기의 학자이다. 스승 없이 독학으로
    공부하여 30세에 성균관에 유학하였는데, 당시 종유하던 이남규(李南圭)·이
    병칠(李炳七)·오상필(吳相弼) 등과 학문을 강론하였다. 1893년 성균관에 월
    과(月課)가 설치되었을 때 왕명으로 성균관에 들어갔다. 저서로는『동전잠사
    유고』 15권이 있다.

연연야사재문고(淵淵夜思齋文藁)

(광복 이전)

목동의 피리 소리
牧笛

한 아이는 송아지 등에 앉아서 피리를 불고
한 아이는 풀이 깊어 보이지 않네.
두 피리 소리 서로 화답하며 바람 사나워지자
차례차례 조화를 이뤄 고를 수가 없네.
누런 구름 천리에 관산은 아득하니
강성 삼월에 〈낙매화〉일세.
만 이랑 물결이 그치지[1] 않으니
해동의 봄빛이 누구 집에 왔으려나.

一笛兒坐犢背吹、一笛草深兒不見。
兩笛相答風忽厲、取次悠揚不可選。
黃雲千里關山賒。江城三月落梅花。
萬萬波波波不息、海東春色屬誰家?
(1931)

---

1 신라 신문왕이 아버지 문무왕을 위하여 감은사를 짓고 추모하자, 죽어서 바
다 용이 된 문무왕과 하늘의 신이 된 김유신이 합심하여 동해의 한 섬에 대나
무를 보냈다. 이 대나무를 베어서 피리를 만들어 불자 적의 군사가 물러가고,
병이 낫고, 물결도 평온해졌다고 한다. 모든 물결(걱정)이 그쳤다고 해서 그
피리 이름을 만파식적(萬波息笛)이라고 했다.

고양이가 대추나무에 오르는 날
貓騰棗樹

내가 어렸을 때 서쪽 이웃집에 홍씨(洪氏) 농부가 있었는데 그 아들은 '진수'라고 불렀으며 새타령을 잘 불렀다. 그 딸은 '덕순'이라고 불렀고, 그 아내의 성은 알 수 없지만 사람들이 모두 '덕순어미'라고 불렀다. 덕순어미는 콩과 보리를 가리지 못했고, 자기 집안의 생일도 기억하지 못했다. 하루는 급히 덕순이를 불러 말하였다.

"너 알고 있냐? 모 싹이 처음 터지고 고양이가 대추나무에 오르면 바로 내가 태어난 날이란다. 너도 꼭 명심해 두어라."

내가 이 말을 듣고 씹던 밥알이 튀어나왔는데, 지금 그 일이 갑자기 생각나서 시를 읊었다.

고양이가 대추나무에 오르고 벼는 바늘처럼 가느다란데
산에는 안개비 자욱하여 두세 집 어렴풋하구나.
서쪽 이웃집 홍씨 아내가 하던 말 생각나니
우스운 이야기가 일시에 여기저기 퍼졌었지.

貓騰棗樹秧鍼細。山雨霏微三兩家。
記得西隣洪母語、紛紛笑話一時多。
(1931)

18

꿈에서 아우 춘초 국원에게서
한 구절을 얻고 마저 이루다
夢仲弟春初國源得句足成

사람 없으니 깊은 성찰 일어나고
아우 있으니 멀리서도 서로 구하네.
귤을 옮기니 회수[1] 바깥에 자라고
차를 심으니 백악이 그윽하구나.
십 년이나 문자를 읽었어도
백 가지 일에 꾀가 치졸해,
너를 생각하다 맑은 밤 꿈을 꾸고는
문득 글을 지으며 달나라에 노닌다.

無人深省發、有弟遠相求。
移橘長淮外、種茶白岳幽。
十年文字讀、百事拙身謀。
思爾淸宵夢、漫成月界遊。
(1938)

◇ 지난 무인년(1938)에 춘초는 소백산에 가서 머물고 있었는데, 하루는 편지가
왔다. 그날 저녁에는 달이 대낮처럼 밝아서 안뜰을 거니는데, 옷깃이 잠깐
사이 서늘해져서 곧바로 잠에 들었다. 황홀하게 장생의 나비처럼 신선이 되
어 날아다니다, 하품하고 기지개를 켜는 사이 입에서 희미하게 소리가 흘러
나와 한 구절을 이루었다.

사람 없으니 깊은 성찰 일어나고
아우 있으니 멀리서도 서로 구하네.

無人深省發, 有弟遠相求.

일어나 창문을 열어 보니, 토끼도 공이질을 그치고, 닭이 햇대에서 떨치고
일어났다. 이에 옮기를 마무리하였다. (위의 시 줄임) -『옥류산장시화』671

1 회수(淮水, 淮河)는 장강, 황하와 함께 3대하로 불리는 강인데, 황하와 장강
의 사이를 동서로 흐르고 있다. 하남성(河南省)에서 발원하여 안휘성(安徽省)
과 강소성(江蘇省)을 거쳐, 황해로 흘러들거나 장강으로 유입된다. 귤이 회남
에서 나면 귤이 되지만 회수를 넘어 회북으로 가면 탱자가 된다('橘化爲枳'
또는 '南橘北枳')는 말이 있을 정도로 지리적인 경계선으로 여겨진다.

추석날 밤에 설여와 함께 낙촌을 찾아가
中秋夕與雪如訪樂村

한 가을 아름다운 일이 이 가운데 많으니
밝은 달 밝은 때 그대를 어이하리?
장사의 정신은 칼 덤불 이루고
미인의 소식은 달빛 건너에 있구나.
나그네 마음 멀리 쫓으며 기러기 날아가고
시흥(詩興)을 잡아끌며 외로운 학이 지나가네.
옛 나라 풍광이 오늘 밤에 좋으니
절반은 깊이 취하고 절반은 노래 이루었네.

一秋勝事此中多。明月明時奈爾何。
壯士精神生劍藪、美人消息隔金波。
羈懷遙逐酸鴻去、詩興忽拕別鶴過。
舊國風光今夕好、半成沈醉半成歌。

(1939)

◇ 나는 낙촌(樂村) 정준섭(丁駿燮)과 의기가 서로 맞아서 창수(唱酬)한 시가 가
장 많다. 경인년(1950) 동란 이후 서로 만나지 못했는데 매번 생각이 날 때마
다 슬픈 마음을 금할 수 없다. 내가 처음 서울에 왔을 때 설여(雪如) 이기범(李
奇範)과 함께 학교(명륜전문학원) 북쪽에 있는 낙촌의 집을 찾아갔는데 마침
추석날 밤이었다. 낙촌이 먼저 시를 읊었다.

백 년 가운데 이런 밤 많다고 할 수 없으니
즐겨 노는 우리들 취하지 않고 어이하리?
아름다운 때 세상을 멀리한 세 사람의 한국 선비들
굳센 뜻 바람도 뒤흔들며 만리에 물결친다.
세상 일 누가 찾으랴? 황록(隍鹿)[1]을 잃었으니
세월이 쏜살같이[2] 지나감이 애석하구나.
귀한 손님[3] 잇달아 왔으니 뜻이 있음을 알겠네
그대에게 청하노니 영문(郢門)[4]의 노래를 보내주게.

百年此夜未云多。行樂吾人不醉何。
佳辰世遠三韓士、壯志風掀萬里波。
塵事誰尋隍鹿失、光陰我惜隙駒過。
裙屐聯來知有意、請君爲送郢門歌。

내가 뒤를 이어서 읊었다. (위의 시 줄임) ―『옥류산장시화』 651

1 황록(隍鹿)은 해자 속의 사슴이란 말로 인생의 득실이 꿈과 같다는 비유이다.
   옛날 정(鄭)나라 사람이 사슴을 잡아서 사람들이 볼까 염려하여 해자 속에
   감추어 두었는데, 조금 뒤에 그 감추어 둔 곳을 잊어버려 드디어 꿈으로 돌렸
   다는 고사이다. 『열자 주목왕(列子 周穆王)』에 보인다.
2 원문 극구(隙駒)는 달리는 말을 문틈으로 본다는 뜻으로, 세월이 빨리 지나감
   을 이르는 말이다.
3 원문 군극(裙屐)은 원래 육조(六朝) 때 귀족 자제들 사이에서 유행하던 옷차
   림으로, '군극소년(裙屐少年)'이라 하면 귀족 자제에 대한 범칭으로 쓰였다.
   여기서는 '귀한 손님'으로 의역하였다.
4 영문(郢門)은 춘추시대 초(楚)나라의 수도인 영(郢)을 일컫는다. 영(郢) 땅의
   노래는 고아한 시의 비유로 쓰인다.

분황사

東都篇十六首 · 芬皇寺

쾅 하고 돌문을 열어도
오래된 부처는 돌아보지 않는구나.
제왕은 쇠하여 풀에 묻혔거늘
어찌 혼자서 복을 누리는가?

鏗然啓石門、敗佛不返魂。
帝王衰變草、豈獨享福尊。
(1939)

◇ 기묘년(1939) 가을에 나는 서울에서 남쪽으로 가 서라벌 옛 도읍에서 놀다가
돌아왔다. 여천(黎泉) 이원조(李源朝)가 와서 (시)주머니를 빨리 풀라고 독촉
하였다. 맑은 목소리로 읊다가 「분황사」 시에 와서는 (위의 시 줄임) 무릎을
치며 "참으로 범상한 시가 아니다!"라고 하였다. ─『옥류산장시화』 657

산강¹ 선생이 『장소칠율집』 한 책을 주셨기에 절구 한 수를 집구하여 감사하며 드리다

山康惠以長蘇七律集一冊仍集句爲一絶謝呈

선생은 예전 그대로 글은 넓지만 가난하여
언제나 도를 꾀할 뿐 제 몸은 헤아리지 않네.
술을 얻으면 크게 기뻐하면서도 늘 시름겨워하니
세월과 달리 항상 기이한 적선인이시네!

先生依舊廣文貧。謀道從來不計身。
得酒强懽愁底事、異時長怪謫仙人!
(1942)

◇ 나는 본디 집구를 좋아하지 않는데, 일찍이 산강(山康)이 『장소칠율집(長蘇七律集)』 한 권을 주셨기에 그 책의 구절들을 모아 사례하였다. (시 줄임) 산강이 웃으며 말했다. "이선생은 일 벌이기를 좋아하니 나라고 해도 당할 수 없겠네." - 『옥류산장시화』 608

◇ 집구(集句)는 다른 시인의 시에서 운에 맞춰 한 구절씩 모아 한 편의 시를 이루는 형식이다. 연민이 지은 시는 모두 소식(蘇軾)의 시에서 한 구절씩 모은 것인데, 산강선생이 준 책에서 골랐다. 제1구는 〈過密州次韻趙明叔喬禹功〉의 제1구, 제2구는 〈陸龍圖詵挽詞〉의 제2구, 제3구는 〈謝人見和前篇二首. 其二〉의 제5구, 제4구는 〈和王斿二首〉의 제1구에서 가져 왔다.

1 변영만(卞榮晩, 1889~1954)의 자는 곡명(穀明), 호는 산강재(山康齋)·삼청(三淸)·곡명(曲明)·백민거사(白旻居士)이다. 한국의 법률가이자 학자로 신의주에서 변호사를 지내다가 국권피탈이 되자 중국에 망명, 베이징에서 살다가 1918년 귀국한 뒤부터 학문에 전심하여 한학·영문학의 석학이 되었다. 광복후 성균관대학교 교수로 국학 발전에 크게 공헌하였다. 저서로는 『산강재문초(山康齋文鈔)』가 있다.

모릉대
暮陵臺

　　강정(江庭) 김형진(金亨鎭)이 나에게 와서 말하였다. "낮잠을 자다가 꿈을 꾸었는데, 한 친구와 함께 서라벌(徐伐) 옛 도읍지에서 놀았네. 모릉대(暮陵臺)라는 곳이 있었는데 여러 옛 기록을 살펴보아도 밝힐 수가 없었네." 그래서 나에게 시로 지어달라고 하여 내가 읊었다.

손을 잡고 황폐한 누대에 오르니
향기로운 풀에 비낀 볕이 좋구나.
모릉대의 봄은 어디런가?
스물여덟 임금이[1] 모두 옛 일이로다!

攜手上荒臺、芳草斜陽好。
何處暮陵春? 二十八王古。
(1942)

1　혁거세부터 진덕여왕까지 28왕이 성골(聖骨)이다. 무열왕 김춘추부터는 진골(眞骨)이다.

칠월 십육일 밤에 양전 옹의 댁에서
큰 비바람이 불어닥치기에
七月旣望夜陽田翁莊大風雨有賦二絕

오늘 저녁 어찌 비 오고 바람 불 것을 기약하였나?
시내와 산이 달 밝을 때를 저버렸네.
빗소리가 낡은 집을 뒤흔드니 달팽이는 모서리에 뜨고
기세가 푸른 바다에 닿아 자라의 등¹으로 옮겨가네.
도토리를 흔들려 떨어지게 하지 마오.
동산 숲에 머무는 이들 다 없어질까 걱정이라오.
등화(燈花)²를 보고 오히려 좋은 소식이 있음을 알았으니
아침이 되어 상서로운 빛이 나의 서재 휘장에 높이 비치네.

今夕那將風雨期? 溪山孤負月明時。
聲掀老屋蝸稜泛、勢接蒼瀛鰲背移。
莫敎橡栗逢搖落、祗恐園林減栖遲。
看取燈花猶喜報、祥光朝纛我書帷。
(1942)

◇ 임오년 칠월 십육일 밤에, 휘를 상호(祥鎬)라고 하는 종조숙부 양전(陽田)
  댁으로 가서 잠을 잤다. 중부(仲父) 계파(溪坡) 및 서계(書溪)도 또한 계셨는
  데 몹시 비바람이 불어서 내가 시를 지었다. (위의 시 줄임) 서계께서 두세
  번 소리를 내어 외워보시더니, "네 시의 경지가 이 정도까지 이르렀는지 몰랐
  구나."라고 말씀하셨다. -『옥류산장시화』 618

1 오배(鰲背)는 큰 자라의 등에 얹혀있다는 동해(東海)의 신산(神山)이다. 옛날 발해(渤海) 동쪽의 다섯 산이 파도에 떠밀리자 상제가 다섯 마리의 자라로 하여금 이를 떠받치게 했다는 전설이 전해 온다. 『열자 탕문(列子 湯問)』

2 등화(燈花)는 불심지 끝이 타서 맺힌 불똥인데, 풍속에 등화를 길조로 여겼다.

내 문집 뒤에 써준 담원의 시에 차운하여

蘆園鄭翁寅普嘗以一絶題我蕪藁次韻謝呈二絶

1.

임원의 만년 약속 하늘에 의지해 이루었으니
높은 나무 봄바람 불어 그 소리 다함이 없네.
궁한 시름을 밀쳐 기술 적음을 깨달으니
선생이 어찌 불평스런 울음을 좋아했으리요.

林園晩契賴天成。喬木春噓無盡聲。
排遺窮愁知少術、先生豈愛不平鳴。
(1943)

2.

경서를 이야기할 땐 정현[1]과 같고
뛰어난 젊은이를 즐겁게 만나 옛소리를 뽑아내네
사업이 다양해 이처럼 커졌으니
여러 사람으로 하여금 실컷 울게 하지 마소.

譚經人說似康成。欣對英髦抽古聲。
事業多門爲此大、莫敎羣喙盡情鳴。
(1943)

◇ 담원은 정인보(鄭寅普, 1893~1950)의 호인데, 위당(爲堂)이라는 호로 더 널리 알려졌다. 연희전문학교 교수로 양명학(陽明學)을 연구하였으며, 20세기 전반의 대표적인 문장가였다. 대한민국 초대 감사원장(당시 감찰위원장)을 지냈다.

1 정현(鄭玄)은 중국 후한(後漢) 때의 유학자로 자는 강성(康成)인데, 고밀(高密) 사람이다. 경서(經書) 해석의 대가로, 『주역(周易)』『모시(毛詩)』『예기(禮記)』『논어(論語)』『효경(孝經)』등을 주석했다.

계초 방응모의 환갑을 축하하는 시
方啓礎應謨六十一歲壽詩三絶

계초 옹(啓礎翁)은 평소에 나와 면식이 없었는데, 조광사(朝光社)의 여러분들이 그의 환갑 잔치를 내년 아무 날에 한다면서 편지를 보내어 나에게 시를 지어달라고 청하였다. 나는 그때 마침 고려가요의 「정석가(鄭石歌)」를 읽고 있었는데, 우리 선조 문인들이 남의 장수(長壽)를 비는 글이었다. 그 글이 몹시 즐길만하기에, 몇 구절을 따다가 한시 3장으로 번역하였다.

1.
백옥을 새겨서 연꽃을 만들어
높은 바위 위에 붙여두었네.
한참 바라보아 꽃이 웃을 때까지
그대의 수명 또한 한량 없으리.[1]

白玉彫爲蓮、接之層巖上。
竚看花笑時、翁壽亦无量。
(1943)

---

1 이는 「정석가」의 3연을 빌린 것이다. "옥으로 연꽃을 새기옵니다 / 옥으로 연꽃을 새기옵니다 / 바위 위에 접을 붙이옵니다 / 그 꽃이 세 묶음(혹은 한 겨울에) 피어야만 / 그 꽃이 세 묶음 피어야만 / 유덕하신 님 여의고 싶습니다." (현대어 번역)

2.

무쇠로 커다란 소를 만들어
쇠나무로 덮인 산에 풀어두었네.
소가 쇠풀을 모두 씹어 없앨 때까지
그대의 즐거움 또한 줄어들지 않으리.[2]

水鐵爲鉅牛、放之鐵樹山。
牛齕鐵草盡、翁樂亦未刪。
(1943)

3.

반짝반짝 가는 모래밭에
그대 위해 무엇을 심어야 할까?
구운 밤 삼천 개,
하나 하나 노란 싹 터져나오네![3]

爛爛細沙伐、爲翁種何物。
爆栗三千箇、箇箇黃芽出。
(1943)

---

2 이는 「정석가」의 5연을 빌린 것이다. "무쇠로 황소를 만들어다가 / 무쇠로
   황소를 만들어다가 / 쇠나무산에 놓습니다 / 그 소가 쇠풀을 먹어야 / 그 소가
   쇠풀을 먹어야 / 유덕하신 님 여의고 싶습니다." (현대어 번역)
3 이는 「정석가」의 2연인 다음 구절을 빌린 것이다. "사각사각 가는 모래 벼랑
   에 / 사각사각 가는 모래 벼랑에 / 구운 밤 닷 되를 심습니다 / 그 밤이 움이
   돋아 싹이 나야만 / 그 밤이 움이 돋아 싹이 나야만 / 유덕하신 님 여의고 싶
   습니다" (현대어 번역)

31

연연야사재문고(淵淵夜思齋文藁)

(광복 이후~1966)

용강 곽종우·우련 정우현과 함께
안양암을 찾아가다
與郭龍岡鍾于鄭友蓮友鉉訪安養菴

대나무 빗장을 바람이 젖히니 삐그덕 열려

빌려오지 않은 성곽의 먼지 한 점이 날아오누나.

무사함이 좋거늘 무슨 일로 싸우는가

내 술잔을 바라보며 온갖 번뇌가[1] 함께 웃노라.

竹扃風擺戞然開。不貸城塵一點來。

何事爭如無事好、空花齊笑向吾杯。

(1948)

◇ 나의 백종조형 원태(源台)는 호가 원대(圓臺)이다. 일찍이 동전(東田)에게서
시를 배웠는데 주로 서곤체(西崑體)[2]를 익히는 데 힘썼다. 남을 인정하는 일
이 드물었는데 작년에 동래(東萊)의 귤우선관(橘雨仙館)으로 나를 보러 와서
말하였다. "네가 근래에 지은 「안양암(安養菴)」(위의 시 줄임) 한 절의 정취
가 매우 뛰어나더구나." -『옥류산장시화』 660

1　원문의 공화(空花)는 불교 용어로, 번뇌에서 일어나는 여러 가지 망상을 가리
　킨다.

2　서곤체(西崑體)는 오대(五代) 및 송대(宋代) 초기에 당말(唐末)의 시인 이상은
　(李商隱)의 시풍을 모방하여 지은 시체(詩體). 화려한 수사(修辭)와 대구(對
　句)·전고(典故) 등을 중시한 것이 특징이다. 북송(北宋) 초기의 한림학사(翰
　林學士) 양억(楊億)·유균(劉筠) 등 17명이 창화(唱和)한 시 2백 50수 가량을
　모은 『서곤수창집(西崑酬唱集)』에서 유래한 용어이다.

춘강 변종헌의 죽음을 슬퍼하며
卞春岡鍾憲輓辭

내 시가 아직 다 되지 않았는데 그대는 남쪽으로 돌아가다니,
이별의 말 한이 없건만 촛불 그림자 희미하구나.
이분이 곧 맑은 매화러니 겨우 두 번 뵈었는데,
넋이 외로운 학을 따라 홀연 멀리 날아갔네.
그대를 아는 술집 노파는 슬픔에 술 따르기도 잊었고,
바다의 나그네도 소식 듣고는 눈물로 옷깃 적시네.
내게 주신 글이 참어가 됐다고 차마 말할 수 있으랴?
세상 만사가 어찌 이처럼 어긋나는가!

我詩未就子南歸。別話綿綿燭影微。
人是晴梅財二見、魂隨寥鶴忽長飛。
店婆知爾悲忘酌、海旅聞之涕染衣。
忍說遺章成讖語? 人寶萬事奈如違!
(1949)

◇ 기축년(1949) 겨울에 내가 문경(聞慶)의 점촌(店村)으로 해위(海爲)를 찾아가
자, 그의 큰아버지 춘강(春岡) 종헌(鍾憲)[1]이 기뻐하면서 함께 시를 지었다.
밤이 되면서 손님이 늘어나 번잡해졌으므로 시를 다 짓지 못했지만 나는 남쪽
의 동래(東萊)로 돌아갔다. 며칠 되지 않아 춘강이 세상을 하직하였는데, 나
에게 남겨준 시에 "일찍이 단구(丹丘)[2]의 신령한 봉새라 자랑하였으나, 긴 밤
에 반딧불 나는 것 같아 스스로 불쌍히 여기노라![曾詡丹丘靈鳳産, 自憐長夜點
螢飛!]"라는 구절이 있었으니 바로 참어(讖語)이다. 내가 그 운을 따라서 그에
게 곡하였다. (위의 시 줄임) 춘강은 성품이 따뜻하고 고왔으며 시문도 정연하

였으니 몹시 애석하다. ─『옥류산장시화』 633

1 변종헌(卞鐘憲, 1902~1948)의 호는 춘강(春岡)이다. 종숙부 우계(遇溪) 변인
   규(卞仁圭)로부터 한학을 배웠으며, 일제하의 신식 교육을 거부하고 한학 연
   구에 전념하였다. 규장각에서 승정원일기 등의 문헌을 열람하여 선조들의
   사적을 찾아 『청계세고(淸溪世稿)』를 간행하기도 했다.
2 단구(丹丘)는 신선이 산다는 곳. 밤도 낮과 같이 늘 밝다고 한다.

우련과 송수관을 다시 찾아가다
與友蓮再訪松壽館

연못가 집에 다시 찾아드니 옛 생각이 떠올라
가을 비 내리는 붉은 등불 아래서 느지막히 시를 읊조리네.
호탕하게 노닐던 일이 역력한데 다 추억이 되니
두 눈동자 푸르게 대하던 정을 잊지 못하겠구나.

池館重來古意生。紅燈秋雨晚吟輕。
豪遊歷歷成追憶、靑對雙眸不禁情。

(1949)

◇ 정우현(鄭友鉉)은 우련(友蓮)이라고 스스로 썼는데, 일찍이 유수(柳壽)와 함께
회봉[1]의 문하에서 배웠다. 시 읊기를 즐겼는데, 하루는 나를 마산의 유록장(柳
綠莊)으로 불렀다. 바닷가의 이름난 선비들이 일시에 모두 모였는데, 산해진
미를 차려 놓고서 며칠 낮과 밤을 놀았다. 내가 우스갯소리로 "예전에는 책에
미쳤다고 하는데, 지금은 시에 빠졌구나!"라고 말했다. 다시 동래 온천의 송수
관(松壽館)에 큰 잔치를 베풀었는데 산강(山康) 변영만(卞榮晩), 도산(濤山)
성순영(成純永), 만성(晩惺) 권영운(權寧運), 일청(一淸) 하성재(河性在), 우전
(于田) 조규철(曹圭喆), 굴천(屈川) 이일해(李一海)와 나까지 모두 모였다. 이
레 동안이나 머물렀는데 글과 술이 그치지 않아, 흥취를 마음껏 즐긴 뒤에야
흩어졌다. 그 뒤, 예전에 송수관이라고 했던 곳으로 정우현과 다시 찾아갔는
데, 가을 비가 내리는 연못가의 집에는 시든 연꽃이 말 없었으니 다시는 그
옛날 광경을 볼 수 없었기에 내가 시를 읊었다. ─『옥류산장시화』 638

1 하겸진(何謙鎭, 1870~1946)은 근세의 유학자로 본관은 진양(晋陽), 자는 숙
형(叔亨), 호는 회봉(晦峯) 또는 외재(畏齋)인데 27세 때 곽종석(郭鍾錫)을 찾
아가 제자가 되었다. 저술로 『주어절요(朱語節要)』·『명사강목(明史綱目)』·『동
시화(東詩話)』 등이 있다.

농아가를 들으면서
聽弄兒歌有感

내가 독재를 비판하다가 부산 감옥에 갇혀 있을 때에 노래를 하는 사람 서종구(徐鍾九)도 있었다. 밤은 고요하고 등불이 꺼졌는데 비가 창문에 흩뿌리고 있었다. 서종구가 「농아가(弄兒歌)」한 곡을 부르자 그 소리가 씩씩하고 장하면서도 슬프게 목이 메어 듣는 사람들이 얼굴을 가리고 울지 않는 이가 없었다.

징과 북도 소리 없어 사방이 고요한데,
유리등은 심지를 태우며 염마왕을 바라보네.
바닷가 부산의 신파가수 서종구가,
처절하게 농아가 한 곡을 부르는구나!

鉦鼓無聲靜十窯。琉鐙銷藥暗閻摩。
海山新派徐鍾九、淒絶弄兒一曲歌。
(1950)

공초 오상순의 청동문학에 쓰다
題吳空超相淳靑銅詩卷

크게 감탄하노니, 공초 선생이여!
우주는 여기 속권을 남겼노라.
삼 년 동안 천 잔의 차를 들며,
칠십 권 『청동문학』을 이루었다네.

太息空超子! 宇宙遺屬眷。
三年茶千碗、七十靑銅卷。

(1954)

　공초(空超) 오상순(吳相淳)[1] 사백(詞伯)은 폐허(廢墟)[2] 시대를 시작할 때부터 한 시절 이름을 날렸으며 우뚝 솟았으니, 현대 낭만파(浪漫派) 시인 중의 큰 별이다. 하루는 내가 안국동(安國洞)의 남매다루(南梅茶樓)에서 공초를 만났는데, 가방 속에서 『청동문학(靑銅文學)』이라 하는 것을 꺼내 들며 말하였다. "내가 최근 삼사 년 사이에 매일같이 다방을 돌면서 각계의 사람들을 만났는데, 잠깐 만나더라도 번번이 그 글씨를 부탁하였고, 크건 작건, 잘 썼건 서투르게 썼건, 아름답건 비웃을만하건, 지저분하건 깨끗하건 거리끼지 않았다네. 몇 년간 쓰여진 것이 쌓여 어느덧 61책이나 되어서 '청동(靑銅)'이라고 이름을 지었으니, 명동의 청동다실(靑銅茶室)[3]에서 처음 시작했기 때문이지. 자네도 시 한 편을 지어 이 책에 싣도록 하게." 내가 웃으며 말했다. "우리나라

사학자들이 많이 말하더군요. '우리 역사에는 안타깝게도 청동기 시대가 빠져있단 말야!' 선생님께서는 이『청동문학』으로써 그 빠진 곳을 채워보려 하십니까?" 그리고는 곧 만년필 푸른 잉크로 적어내려 갔다. —『옥류산장시화』5

◇ 이 시는 연민이 1954년에 시있는데『연연야사재문고』(통문관, 1967)를 출판할 때에 빠지고『옥류산장시화』에만 실렸다가,『연민지문(淵民之文)』(을유문화사, 1973)을 간행할 때에 "『옥류산장고(玉溜山莊藁)』(1954)에 추가로 싣는다"고 밝혔다.

1 오상순(吳相淳, 1894~1963)의 호는 공초(空超).『폐허(廢墟)』의 동인으로 문단에 나와 운명에 대한 순응, 동양적 허무를 노래하였다. 작품에「아시아의 마지막 풍경」,「방랑의 마음」,「첫날밤」,「해바라기」등이 있다.

2 『폐허(廢墟)』는 1920년 7월에 창간되어 1921년 1월 통권 2호로 종간된 문예 동인지이다. 동인으로 김억·남궁벽·오상순·황석우·변영로·염상섭·민태원 등이 참여하였다. 이들은 흔히 '폐허파'로 불렸으며, 퇴폐적 낭만주의 경향을 지녔다. 이들의 퇴폐주의는 3·1운동의 좌절과 극도의 경제적 궁핍을 경험한 식민지 청년 지식인들의 불안의식과 세기말 사상을 반영하고 있었다. 비록 통권 2호로 단명하였으나『창조』·『백조』와 더불어 한국문학사상 큰 자취를 남겼다.

3 청동다실(靑銅茶室)은 청동다방이다. 1950년대 서울 명동 유네스코회관 뒷골목에 있었으며, 문인들이 많이 모이던 다방이었다. 공초는 매일 이곳을 찾았고, 주인은 아예 다방 한켠에 공초를 위한 전용 자리를 마련해 주었다. 공초는 이곳에서 만나는 사람들에게 늘 반갑게 인사를 하면서 자신의 공책을 펼쳐 글을 쓰게 하였다.

성균관대학교 총장에서 파면된
심산 김창숙 옹의 시에 차운하여
次心山金翁三絕

2.

상좌 아이가 떡을 훔쳤다면 우습다고나 하겠지만
석가여래가 이같이 하니 광명권이라네.
이 시름 끝 없어 누구에게도 말할 수 없건만
우리 학문이 거칠어졌다고 어찌 줄을 끊으랴.

上佐竊餅堪可笑、如來依是光明拳。
此愁莽莽無誰語、此道荒荒奈絕絃。

(1956)

3.

기독교 아이들이 보기를 상하게 한다고
내 어찌 박봉[1] 때문에 애써 일하랴.
왜놈 천황의 남은 통치가 아직도 죽지 않았으니[2]
낡은 벽돌집으로 돌아와 거문고 줄만 어루만지네.

基督竪兒戕寶器、豈吾五斗事拳拳。
倭皇餘道猶無死、古壁蚤遷浪撫絃。

(1956)

◇ 연민은 37세 되던 1953년에 성균관대학 강사로, 1955년에 조교수로 발령받으며 심산(心山) 김창숙(金昌淑)과 함께 성균관대학을 발전시키고, 자유당 독재정권에 야합하는 유림(儒林)들로부터 학교를 지켜내기 위해 애썼다. 1956년에 심산이 이승만에게 대통령에서 하야(下野)하라고 권하는 편지를 썼다가 총장직에서 파면당하자, 연민도 공범으로 몰려 경찰서에서 조사받고 파면당했다. 이때 비분강개한 심정으로 심산의 시에 차운하여 이 시를 지었다.

1 도연명의 자는 원량인데, 혹은 이름이 잠(潛)이고 자가 연명이라고도 한다. ……(그가 팽택령으로 있는데) 마침 군에서 독우(督郵)를 파견하자, 현의 아전이 (도연명에게) 청하였다.
"띠를 띠고 만나셔야 합니다."
그러자 연명이 탄식하면서 말하였다.
"내 어찌 다섯 말의 쌀 때문에 저런 시골의 소인배에게 허리를 굽히랴." 그리고는 그날로 인끈을 풀어 벼슬을 버리고, 「귀거래사」를 지었다. - 소명태자 소통 「도연명전」
원문의 오두(五斗)는 '다섯 말의 쌀'이니, 적은 녹봉을 가리킨다.

2 1910년에 조선총독부가 설치되면서 성균관(成均館)을 경학원(經學院)으로 개편하고 친일파 유림들이 운영하게 했는데, 광복 뒤에도 그들이 기득권을 유지했다. 이 시에서는 그들이 자유당 독재정권과 야합하여 김창숙 총장을 파면한 사실을 가리킨다. 연민은 4·19혁명으로 자유당 정권이 붕괴된 뒤에 재단법인 성균관 이사(1967), 유도회총본부 위원장(1970)에 취임하여 성균관 정상화에 힘썼다.

은주에게
贈銀珠二絶

　담원(澹園) 팽국동(彭國棟)[1]이 태화관(泰和館)[2]으로 나를 불렀다. 은주(銀珠)라는 여인이 있었는데, 성은 윤(尹)이고, 나이는 스물 하나였으며, 자태가 매우 고왔다. 은주가 나의 시 얻기를 원하면서 염모하는 뜻을 보이기에, 차마 거절하지 못하고 절구(絶句) 하나를 지어주었다.

서린동 골목에 술집이 몇 있지만
은주 아가씨를 이류라고 부르진 않는다네.
방년 겨우 스물 하나라고 하니
연민선생이 너를 어이 사랑하지 않으리오.

瑞麟坊裏幾紅樓。不謂珠娘第二流。
見道芳年財卄一、淵民夫子愛儂不。
(1957)

1　팽국동(1902~1988)의 자는 담원(澹園)이고 호는 욱문(郁文), 호남(湖南) 다릉(茶陵) 사람이다. 국립 산서대학(山西大學)을 졸업하였고 1950년 4월 대만으로 건너가 교육과 저술활동을 펼쳤다. 홍콩 주해(珠海)대학, 중국문화대학교 교수를 역임했다. 한국과 중국의 문학교류사를 정리하여 『중한시사(中韓詩史)』를 출판했는데, 신호열이 번역하여 『한중시사(韓中詩史)』라는 제목으로 출판하였다. (공보실, 1950)

은주에게[3]

꽃다운 네 이름을 『구슬』하고 부르고녀
은실에 꿰었을 젠 스물 둘이 재롱터니
금반 위에 굴러 보단들 그 더욱 맑으리라.

---

2 태화관은 서울특별시 종로구 인사동에 있던 요릿집인 명월관(明月館)의 별관
   이다. 조선 전기에는 중종반정에 가담해 정국공신(靖國功臣) 2등에 책록된
   구수영(具壽永)이 살았고, 당시 이곳에는 태화정(太華亭)이라는 정자가 있었
   다. 조선 후기에는 안동김씨 김흥근(金興根)의 소유를 거쳐 다시 헌종(憲宗)의
   후궁인 경빈(慶嬪) 김씨의 순화궁(順和宮)이 되었다가, 일제강점기에 이완용
   (李完用)의 소유로 넘어갔다. 1918년 벼락이 떨어져 이 집에 있던 고목이 둘로
   갈라져 넘어지자 이에 놀란 이완용이 팔려고 내놓은 것을 마침 화재로 없어진
   명월관의 주인 안순환(安淳煥)이 인수해 명월관의 별관으로 사용하기 시작하
   였다. 이때 태화정이 있는 곳이라 하여 이름을 태화관(太華館)이라 하였다가
   뒷날 태화관(泰和館)으로 고쳤다. 3·1운동 때는 민족대표 33인 가운데 김병
   조(金秉祚)·길선주(吉善宙)·유여대(劉如大)·정춘수(鄭春洙) 4인을 제외한 29명
   이 이곳에 모여 대한독립만세를 부르고 일본 경찰에 연행되었는데, 이로 인해
   태화관은 더욱 유명해졌다. 그 뒤에도 태화관은 궁정 양악대 출신들이 만든
   우미관(優美館) 양악대와 단성사(團成社) 양악대가 자주 출연하는 장소로 인
   기를 끌다가 남감리교회 재단에 인수되면서 헐렸다. 이어 건물이 있던 자리에
   는 감리교 여자교육기관인 태화회관이 설립되었고, 현재는 12층의 태화기독
   교사회복지관 건물이 들어서 있다.
3 연민이 자신의 한시를 시조로 번역하여 『동해산고』(우일출판사, 1983)에 실
   었다.

국가보안법에 항의하는 심산 김창숙 옹께
東心山金翁

이십칠일 해가 미처 저물기 전에
벽옹선생께서 등에 업혀 북으로 올라오셨네.
성주의 꽃과 새들이 세한(歲寒)의 맹세를 했건만
사태가 이에 이르고보니 붙들 수가 없었네.
팔순에도 꿋꿋하고 일하는 것도 분명해,
우국의 일념뿐 다른 마음은 없네.
환퇴·양호가 어지러웠으나 또한 어쩔 수 없었으니,[1]
성인의 길은 당당하여 나아감에 어김이 없는 법.
어찌 일개 당을 위해 영예로운 이름을 팔며
어찌 한 사내를 위해 끝내 침묵을 지키랴.
국민들이 엎어지고 나아갈 길도 없어지리니
다섯 걸음 앞에서 피 흘린대도 사양치 않으리라.
내가 대경관(大京館)으로 달려가보니,
관은 벌써 세 번이나 옮겨 보존하기 어렵네.
만약 우리 민족에게 길한 이익을 얻게 한다면,
한 앉은뱅이가 당을 지킬 것이니 이것이 이 늙은이의 직분이라네!

◇ 무술년(1958) 12월 24일에 자유당이 무술경위(武術警衛)의 폭력을 행사하여
"국가보안법(國家保安法)"이란 것을 통과시키고 야당 국회의원을 구금시켰
다. 벽옹(躄翁) 김창숙(金昌淑)이 성주(星州)에서 이 소식을 듣고, 등에 업혀

二十七日日未匿。矍翁先生背而北。
星山花鳥歲寒盟、事乃到此挽不得。
八旬依依歷歷事、憂國一念無他臆。
魋虎紛紛亦無奈、聖道堂堂遵不忒。
詎爲一黨買榮名、詎爲一夫終含嘿。
民將顛連道將喪、流血五步不辭卽。
我走見之大京館、館已三遷難保翌。
若使吾族暫吉利、一矍守堂是翁職。
(1958)

서 북으로 올라왔다. 죽음을 무릅쓰고 싸우고자 하였기에, 내가 시를 지어서
드렸다. (위의 시 줄임)
벽옹(襞翁)이 나의 시에 화답하였다.

이기붕과 이재학이 경무대에 숨었으니
이 때문에 비린 바람이 서울에 불어오네.
벽옹선생이 밤길에 나루터를 물어도
동작나루 아득하여 찾을 길이 없구나.
어수선한 마음 차라리 새 짐승과 무리를 이루니
장저·걸닉이 어찌 알랴, 공자님의 깊은 마음을!
슬프구나 오늘날 하늘이 내리신 덕
환퇴·양호와 같이 방자한 너에게 맡기다니.
잠꼬대 같은 저 궤변은 어떤 물건이길래
한 번 베면 어찌 능히 끝내 잠잠한가?
산도깨비 나무꾼 떼지어 날뛰지만
햇볕 보면 반드시 사라져 없어지리.
하루에 세 번이나 집을 옮기니 도리어 가소롭구나.
묵자의 굴뚝은 검어질 틈이 없으니 무엇을 근심하리요?
천하가 크게 안정되는 때를 만나
화산으로 돌아가 잠드는 것이 나의 직분이라네.

奇鵬異鶴競舞匡、是時腥風吹洌北。
矕翁先生夜問津、鐵爐茫茫尋不得。
棲棲寧與鳥獸羣、沮溺安知尼父臆!
嗟嗟今日天生德、任汝魋虎自肆忒。
奰堅奰辯彼何物、一誅詎能終循嘿?
山魑木客縱羣跳、見睍必消也在卽。
日三遷館還可笑、墨突不黔何憂翌?
會見天下大定時、歸睡華山是吾職。

◇ 기붕(奇鵬)과 이학(異鶴)은 이기붕(李起鵬)과 이재학(李在鶴)을 가리키며, 경무(競舞)는 경무(景武)이니 모두 해학적인 말이다. ─『옥류산장시화』778

◇ 김창숙이 일제 경찰에게 고문받다가 두 다리가 마비된 뒤부터 벽옹(躄翁)이라는 호도 사용하였다.

1 『논어』「술이(述而)」편에 공자가 "하늘이 내게 덕을 내려주셨으니, 환퇴가 나를 어찌하겠느냐?"라고 하였다. 공자가 송나라에 가서 제자들과 함께 큰 나무 아래에서 예를 익히고 있는데, 환퇴가 공자를 죽이고자 하여 그 나무를 뽑았다고 한다.

유석 조병옥 박사의 죽음을 슬퍼하며
趙維石炳玉輓詞三節

고하·설산·인촌·해공이 차례로 돌아가니
풍운 십 년이 모두 탄식뿐일세.
사람들 말로 난국이 유석에게 달렸다고 하며
만사를 의지했으니 참으로 작지 않았네.

古雪村公取次歸。風雲十載摠堪欷。
人言難局存維石、萬事爲依諒不微。
(1960)

◇ 고·설·촌·공(古雪村公)은 이승만 정권 하에서 암살당하거나 정권교체의 꿈
을 이루지 못하고 죽은 고하(古下) 송진우(宋鎭禹), 설산(雪山) 장덕수(張德
秀), 인촌(仁村) 김성수(金性洙), 해공(海公) 신익희(申翼熙)이다. 신생 대한
민국 정부에서 상해 임시정부가 정통을 잇지 못해 민족주의자들이 암살당하
던 현실을 고발한 것이다. 국민들이 기대했던 민주당 대통령후보 조병옥마저
미국에 수술하러 갔다가 시신으로 돌아와 정권교체의 꿈이 스러지고 안타까
워하며 이 시를 지었지만, 마산에서 눈에 최류탄이 박힌 고등학생 김주열의
시신이 발견되며 독재정권의 죄악상이 만천하에 드러나자, 전국의 학생과
민주시민들이 봉기하여 4·19혁명을 이뤄냈다.

김구 선생이 암살당한 지 11주년 되는 날
哀哀虓虓

　올해 6월 26일은 백범(白凡) 김구(金九) 옹이 암살당한 지 11주년 되는 날이다. 조선일보사에서 나에게 시 한 수를 부탁했기에, 심산(心山) 김창숙(金昌淑) 옹이 이 달 20일 조선일보에 실은 「이승만도피해외(李承晚逃避海外)」에 차운하여 절구 4수를 지어 보냈으니, 모두 시사를 언급한 것이다.

1.
슬프고 슬프다. 이 박사가 임시정부를 버리던 해에
강직한 세 늙은이[1] 이미 탄핵하고 일어났네.
다시 십이 년 동안 일으킨 일들에 대해
남몰래 학살하여 묻었다고 떠들썩하게 전하네.

哀哀臨政棄國年。虓虓三老已彈拳。
更爲十二年間事、陰虐椎埋競哄傳。
(1960)

1　세 늙은이는 백암 박은식, 단재 신채호 및 심산 옹을 가리킨다.

2.

이화장(梨花莊)[2]으로 물러나니 하루가 일 년 같아
암캐와 숫여우 늙은 주먹이 오그라들었네.
만번 죽은들 한국 땅을 한 발작이라도 떠날 수 있으랴
오호의 범려[3]같이 전해지기는 어려울 테지.

梨花院落日如年。雌犬雄狐縮老拳。
萬死可離韓一步、五湖難與范同傳。
(1960)

3.

영웅이 시세를 만드니 바로 올해이고
천추에 벼락이 떨어지니 김주열의 주먹일세.
허정(許政)은 가련하게도 기이한 산물이니
도망을 방조한 명분을 무어라고 전하려나.

———————

2 이화장은 이승만이 대통령에 취임하기 전에 머물렀던 집인데, 서울시 종로구
   이화장1길 32에 있다. 낙산에 배나무가 많아서 이화정이라는 정자가 있었으
   므로, 집 이름을 이화장으로 지었다고 한다. 이 일대에 인평대군(麟坪大君)의
   석양루(夕陽樓)가 있었으며, 그 일부가 장생전(長生殿)으로 쓰이다가 민가로
   사용되었는데, 이승만이 8·15 광복 뒤에 귀국하자 주변 인사들이 이 집을
   구입하여 숙소로 사용하였다. 이승만이 대통령에 당선되자 내각을 구상하던
   조각정(組閣亭), 유족들의 거처인 생활관, 1988년에 세운 이승만 동상 등이
   있다. 2009년 4월 28일 국가지정문화재 사적 제497호로 지정되었다.
3 월나라 왕 구천이 오나라 왕 부차에게 복수를 하고 패권을 차지하자, 가장
   큰 공을 세웠던 범려가 벼슬을 버리고 미인 서시(西施)와 함께 오호(五湖)로
   가서 은거하였다.

英雄造勢是今年。霹落千秋朱烈拳。
許政可憐奇産物、幇逃名分若爲傳。

(1960)

4.

김구 선생 가신 지 올해가 십 년이건만
김병로가[4] 법을 굽혀 안두희는[5] 활보하네.
세상에서 나를 알아주는 벗으로 심산 옹이 있으니
시어가 쟁쟁하여 만 입에 전하네.

金九先生今十年。澗安離步曲金拳。
世間知己心翁在、詩語錚錚萬口傳。

(1960)

---

4 김병로(金炳魯, 1887~1964)는 대한민국의 독립운동가이며, 법조인이자 정
  치인으로, 호는 가인(街人)이다. 일제강점기 때에는 각 학교의 법률학 전문
  교수와 독립 운동가들을 무료로 변호하는 민족 인권변호사로 활약하였다.
  신간회 활동에도 참가하였다. 해방 후 1945년 9월 한국민주당 창당에 참여하
  였으나, 한민당의 정책노선에 반발하여 1946년 10월에 탈당하고 이후 좌우합
  작위원회와 남북협상에 참여하였다. 후에 분단의 현실을 인식하고 노선을
  선회하여 대한민국 정부 수립에 참여, 1948년 반민특위 재판 등을 주관하였
  고, 초대 대법원장을 지냈다. 대법원장 시절에 이승만 정권 노선에 반발하여
  대립하였고, 박정희 정부 때에는 야당 인사로 활동하였다.
5 안두희(安斗熙, 1917~1996)는 대한민국의 군인, 기업인이다. 월남 청년 출신
  으로 한국전쟁에 참전하였으며, 백범 김구의 암살범이다. 그 뒤 강원도 양구
  에서 군납 공장을 경영하다가 1960년 4·19혁명 이후 김구 선생 살해 진상
  규명위원회가 발족하자 신변의 위협을 느껴 잠적하였다. 그러나 1960년과
  1961년 여러 차례 길거리에서 테러를 당하였다.

이승만 동상
心山金翁九月十日朝鮮日報紙所載李承晚銅像歌次韻

하늘이 남산을 내실 제는 사사로운 소유가 아니었으니
국민들이 모두 바라보도록 바위로만 덮였었네.
어찌 이곳 남산에다가 화강암 덩어리를 붙여서
이 가까운 곳에 세워 놓고 서울을 온통 위압케 하였는가?
구리로 부어 만든 23척 커다란 몸을
큰 비용과 공병의 힘으로 채찍질하며 이루었네.
스스로 공명한 당의 대두령이라고 하는 자가
개 돼지들 충동질하여 높은 덕인 듯 찬양케 했네.
이로부터 바람에 마비된 늙은 여우의 동상이
삼억이나 되는 나랏돈을 헛되이 써서 말려버렸네.
달성의 건아들이 횃불을 치켜들고
김주열의 굳센 주먹은 맑은 하늘의 날벼락이었네.
거짓 애국자 승만리는
바쁘게 몸 빼내어 한국 땅을 떠나갔네.
이는 곧 구리 몸이지 생살로 된 몸이 아니니
늙은 도적놈을 찾아내라고 무리들이 허정에게 외쳤네.
찾다가 잡지 못하자 분한 마음이 더욱 뜨거워져
구리 몸을 끌어내려 마음대로 깨뜨렸네.
정치한다고 애쓰는 사람들에게 한 마디 충고하노니
다시는 민주주의가 거꾸로 가지 않게 하소.

天生矗頭非私物、民俱爾瞻巖巖石。
奚爲接此花鋼堆、威壓全都在咫尺。
尺二十三渾銅身、鞭來大費工兵力。
自稱公黨大頭領、時喋犬羊贊巍德。
縱此風痺老狐像、涸盡國銀垂三億。
達城健兒持一炬、朱烈雄拳晴生霹。
僞愛國者承晚李、蒼黃脫身離韓域。
此是銅身非肉身、群呼許政索老賊。
索之不得憤彌烈、姑取銅頭恣決剔。
寄語政界勞勞人、莫將民主敢行逆。

(1960)

◇ 제목이 길다. 「심산 김창숙 옹이 9월 10일 조선일보에 게재한 이승만동상가
에 차운하다」

사자들의 울부짖음을 기억하며
憶獅子吼

　주간성대사(週刊成大社)가 4·19 기념특집을 편집하면서, 내게 한시 한 편을 싣게 해달라고 청하였다. 돌이켜보니 나는 의거(義擧)를 일으키던 날에 마침 그 학교에 나가 강의를 했으므로, 팔천 건아들이 사자처럼 울부짖던 참모습을 눈으로 보았다. 눈 돌이킬 사이에 벌써 3주년이 되었다. 서글픈 마음으로 붓에 먹을 묻혀서 한 편의 시를 짓고, 「억사자후(憶獅子吼)」라고 제목을 지었다.

삼 년 전 그날의 사자 같은 울부짖음을 생각하노니
성균관의 건아들 팔천여 명이었네.
혁명의 노래 소리 천지를 흔들며 오고
독재를 타도하자 빈 주먹을 치켜세웠네.
학생들이 어려서 한 짓이라고 그 누가 말하랴!
배우고 나서 다스리는 것이 참다운 깨달음일세.
세속에 물든 선생들은 말리려 했지만
사자들은 더욱 성냈으니 붙잡을 수가 없었네.
피 흘리며 다섯 걸음에 능히 일이 끝났으니
상자 속의 거문고를 돌아가 다시 어루만졌네.
학교 신문에서 특집으로 4·19를 맞는다 하니
정신을 깨워 일으키고 마음 더욱 경건해지네.
거룩한 집 옆에 산다고 나더러 말들 하니
이러한 일 전하기 위해 시 하나쯤 지어야지.

정객들에게도 애써 부탁하노니

젊은 사자들로 하여금 다시는 뛰어나가게 하지 마소.

憶獅子吼三載前。成均健兒餘八千。

革命歌聲來動地、打倒獨裁張空拳。

誰謂書生昧時事、學而爲政是眞詮。

時俗先生隨止之、獅子愈怒不可牽。

流血五步能事畢、歸來更撫匣中絃。

校報特輯四一九、喚起精神意彌虔。

謂我居在聖宮側、宜有一詩此事傳。

寄語勞勞政治客、莫敎獅子再犇馳。

(1963)

창포고석을 선물한 송은 이병직에게

菖蒲古石二絶

송은(松隱) 이병직(李秉直)[1] 옹은 박학(樸學)에 있어서 당세의 노대가였다. 소강(小剛) 길용배(吉勇培)가 일찍이 나를 소개해 주어서 황교(黃橋)[2]에 있는 고경당(古經堂)[3]으로 서너 번 찾아 뵌 적이 있는데, 옹은 나를 즐겁게 맞아주면서 자신이 지닌 모든 것들을 보여주어 나의 안목을 넓혀주었다. 옹이 창포고석(菖蒲古石) 두 점을 가지고 있었는데, 그 작은 것이 더욱 기묘하고 아름다워 일세에 뛰어났으므로 내가 몹시 칭찬하며 여러 번 바라보았다. 옹이 소강을 데리고 명륜동의 작은 집으로 나를 찾아왔는데, 지난번에 일세에 가장 기묘하다고 여겼던 돌을[4] 가지고 와서 내게 주었다. 내가 그의 후의에 감동하여 이 제목으로 붓을 달려 한 번 웃을거리를 제공하였다.

흉금이 넓은 송은에게는 세속적인 모습이 없어
예사로운 물건들도 모두 기이하구나.
그 가운데 창포에 이끼 낀 돌이 가장 절묘한데
한번 웃으며 가져다 주었으니 또한 호방하구나.

磊落松翁匪俗姿。尋常居物總瑰奇。
就中妙絶菖苔石、一笑輸余亦俠爲。

(1963)

1 이병직(李秉直, 1896~1973)은 강원도 홍천 출신의 서화가이다. 호는 송은
 (松隱). 김규진(金圭鎭)의 서화연구회에서 공부하여 1918년 제1회 졸업생이
 되었다. 1923년 조선미술전람회(鮮展)에 입선한 이래 광복 후 대한민국미술
 전람회(國展)에도 입선하였으며, 1953년 국전 추천작가, 1956년 국전 초대작
 가, 1957~1959년 국전 심사위원을 역임하였다. 많은 골동품을 수집하였다.
2 황교(黃橋)는 원남동 76번지 부근에 있던 다리로서, 종묘 동쪽에 놓여진 다리
 이다.
3 고경당은 송은 이병직의 서재 이름인데, 추사 김정희의 글씨「고경당」을 구
 한 뒤에 자신의 서재 이름으로 삼았다.
4 작은 수반(水盤) 하나까지 덤으로 가져왔다. (원주)

도남 조윤제 박사의 환갑을 축하하며
趙陶南潤濟博士六十一歲壽詩

　도남(陶南) 조윤제(趙潤濟)[1] 박사의 환갑날 아침에 초대를 받았는데, 월탄(月灘) 박종화(朴鍾和)[2]는 「풍죽(風竹)」 한 편을 지어 축수하였으니, 이는 신시(新詩)이다. 노산(鷺山) 이은상(李殷相)[3]은 「풍죽음(風竹吟)」을 지어 화답하였으니, 이는 시조(時調)이다. 무애(无涯) 양주동(梁柱東)은 송나라 시인의 시구를 빌어 시축(詩軸)에 썼다. 이어 내게도 시 한 편을 지으라고 재촉하기에 붓을 달려 시를 지었으니, 이는 한시(漢詩)이다.

우리 학문이 어려웠던 적 예전 어느 때였나?
이분에게 힘입어 다시 세워졌네.
엷은 슬픔 가득하여도 무한한 뜻이 있었으니,
풍류를 더불어 남겼음을 후인들이 알리라.

顚連吾學昔何時。賴有斯翁再樹之。
菲惻千眠無限意、風流留與後人知。
(1963)

1　조윤제(趙潤濟, 1904~1976)의 본관은 함안(咸安), 호는 도남(陶南)으로 1929년 경성제국대학 조선어문학과를 졸업하였다. 1945년 경성대학 법문학부장에

취임하여 국립서울대학으로 개편하는 기틀을 닦았으며, 1949년 서울대학교 문리과대학 교수·학장 등을 역임했다. 1954년 성균관대학교로 옮겨 교수·대학원장·부총장 등을 지냈다. 저서에 『조선시가사강(朝鮮詩歌史綱)』·『한국시가의 연구』·『한국문학사』·『국문학개설』 등이 있고 편저로 『한글큰사전』이 있다.

2 박종화(朴鍾和, 1901~1981)의 호는 월탄(月灘)으로 시인 겸 소설가이다. 한국 문단에 카프문학이 등장했을 때 민족과 역사를 떠난 문학은 존재할 수 없다고 역설하며 스스로 민족을 주제로 하는 역사소설을 썼다. 주요 작품에 『흑방비곡(黑房祕曲)』·『금삼(錦衫)의 피』 등이 있다.

3 이은상(李殷相, 1903~1982)의 호는 노산(鷺山)으로 가곡으로 작곡되어 널리 불리고 있는 『가고파』·『성불사의 밤』·『옛동산에 올라』 등의 시조를 쓴 시조시인이다.

아버님께서 부쳐주신 시에 삼가 차운하다
家大人寄兒詩敬次

아버님께서 가원에게 편지를 보내시며 율시 한 수를 덧붙여
보이셨다.

푸른 눈 둥근 이마가 대장부의 몸이라
인간으로 태어났으니 크게 가난하지 않으리라.
어찌 문장만으로 세상을 놀라도록 아름답게 하랴?
퇴폐한 풍속을 바로 잡는 것이 가장 마땅한 일일세.
학 울음소리 깊은 골짜기에 울려 화답함을 구하고
까마귀는 높은 나무에 깃들어 어버이에게 보답하네.
밝은 꿈은 참 모습을 그리기 어려워
깨어나 보니 산속 달이 창문 가득 새롭구나.

靑瞳圓額丈夫身。鐘得人間太不貧。
豈獨文辭驚世美、最宜頹俗竺彛倫。
鶴鳴幽谷求其和、烏哺喬棲是報親。
淸夢難描眞面目、覺來山月滿窓新。

엄숙하게 읊고 나서 삼가 이 시에 차운하여 문경(聞慶)으로 부
쳐 올렸다.

사람들이 말하는 세 가지 즐거움이 이 한 몸에 모였건만
몸은 약해서 걱정이요 나라는 가난해서 걱정입니다.
이름은 집안의 근원이라 하셨는데도 도무지 배운 바가 없건만
성은 상계에 있는 집안이라 두터운 인륜을 이어받았지요.
평소에 경륜이 모자라 세상에 보답하기 어렵고,
콩과 물뿐인 검소한 음식으로 부모님 즐겁게 못해드리건만,
싸늘한 창가에서 아버님이 주신 시구를 외우며
가르치신 말씀 간곡히 마음에 새겨 더욱 새롭습니다.

三樂人言萃一身。身憂虛薄國憂貧。
名家源耳侗無學、氏上溪¹宜竺有倫。
素乏經綸難報世、儉將菽水少恰親。
寒窓莊誦靑瞳句、詔語丁寧屬意新。

(1963)

◇ 그 이듬해 여름 아버님께서 문득 이 불초한 자식을 버리셨으니, 인간세상에서 부자간 이루었던 문자의 즐거움이 이에서 그쳤다. 불초의 시 가운데 제3·4구는 소재(蘇齋)의 시를 본받은 바가 없지 않으니 만약 지봉이 이 시를 보았다면 어찌 광대의 체라는 놀림을 면할 수 있으랴? -『옥류산장시화』 667

1 상계·하계·계남(溪南)·원촌(遠村) 등 4개 자연마을이 있었는데 안동댐 건설로 마을이 재편되어 지금은 양평·상계·하계가 경상북도 안동시 도산면 토계리에 속해 있다.

문학박사 학위를 받고
學位記 六絶

　양력 9월 26일 성균관대학교에서 개교 71주년 기념식을 거행하였는데, 내가 『연암소설연구(燕巖小說硏究)』로 문학박사 학위를 받았다. 10월 17일에 메트로호텔에서 축하연을 베풀며 느낀바 있어 이 시를 지었다.

1.
푸른 비 붉은 불빛이 나를 시름겹게 하며
성소에 엎어지고 연암에 병 들어[1] 사십 년을 보냈네.
실학을 즐겨 말해 우리 집 일상어가 되었으니[2]
몇 번이나 삐뚫게 까마귀를 그려[3] 손님들 요구에 부응했던가.

翠雨紅鐙煞我愁。惺顚燕癖四十秋。
憙譚實學家常語、幾度斜鴉副客求。
(1966)

---

1 연민의 학문적 관심이 성소(惺所, 허균의 호)와 연암(燕巖, 박지원의 호)에 가장 많았으므로, 『연암소설연구』로 문학박사 학위를 받던 1966년의 서재 이름을 '성전연벽지실(惺顚燕癖之室)'이라고 하였다.
2 내게 글씨를 써 달라는 사람이 있으면 희담실학(憙譚實學, 실학을 즐겨 이야기하다) 네 글자를 많이 써 주었고, 또 서재의 이름도 '희담실학지재(憙譚實學之齋)'라고 하였다. (원주)
3 글씨를 잘못 썼다고 겸손하게 표현한 말이다.

2.

나와 연암은 일마다 기이하니

같은 해 태어난 데다 시까지도 같아라.[4]

삼 정사 뒤에[5] 내가 지금의 연암이라

문자 인연이 참으로 기이하구나.

吾與燕翁事事奇。同年以降況同時。

三丁巳後吾今燕、文字因緣儘有之。

(1966)

---

4 연암은 영조 13년 양력 2월 5일 축시(丑時)에 태어났고, 나는 3정사(丁巳)
   뒤 윤2월 15일 축시에 태어났다. (원주)

5 영조 13년은 1737년, 즉 정사년이고, 연민은 그보다 180년 뒤인 정사년에
   태어났으므로 3정사 뒤라고 하였다.

연민지문(淵民之文)

(1967~1972)

여러 가지 생각
有所思十絶

4.

연암과 사마천을 흉내 내는 것은 어리석으니
금문은 아직 없고 고문도 없구나.
어지러운 비방과 칭찬이 도리어 가소로우니
창조와 인습이 뒤섞여[1] 법도에 맞지 않네.[2]

仲美馬遷倣則愚。今文未有古文無。
紛紛毀譽還堪笑、奇偶刱因不一觚。

(1968)

5.

영지를 캐고 또 캐어 누구에게 줄까
세모에 금단 소식 없으니[3] 만감이 교차하네.
해외 학자들이 다투어 손뼉을 치며
세상에 한 마리 책 쓰는 벌레라네.[4]

靈芝采采爲誰贈? 歲莫金丹百感叢。
海外學人爭拍手、世閒一隻箸書蟲。

(1968)

8.

선조께서 정녕 남겨주신 가르침 있으니
상계 가법을 거칠게 하지 말라고 하셨네.
지금의 뜻과 기백이 너무나 퇴폐해져
부질없는 이야기만[5] 아홉 아이와[6] 하며 지내네.

皇祖丁寧有所詒。上溪家法勿荒之。
如今志氣頹唐甚、咄咄空譚與九兒。
(1968)

---

1 원문의 기(奇)는 홀수이고, 우(偶)는 짝수이다. 당나라 유지기(劉知幾)의 『사통(史通)·서사(叙事)』에 "시문 가운데 변려(駢儷)를 짝이라 하고, 착종(錯綜)을 홀이라 한다"고 하였다.

2 『논어』「옹야(雍也)」편에 "(모난 술잔인) 고(觚)가 모나지 않으면, 이것이 고이겠는가? 이것이 고이겠는가?[觚不觚, 觚哉觚哉.]" 하였다.

3 주희가 길을 가다가 운당포(篔簹浦)라는 곳에서 쉬다가, 그 벽에 새겨진 "빛나는 영지는 일 년에 세 번 맺히는데, 나는 홀로 어찌하여 뜻만 있고 이루지 못하는가.[煌煌靈芝, 一年三秀. 予獨何爲, 有志不就.]"라는 글귀를 보고 감탄하여 여러 번 반복하여 읽었다. 40년 뒤에 다시 그곳을 지났는데 그 글이 보이지 않았다. 주희가 지난 일을 회상하며 시를 지었다. "흐르는 백년 인생 얼마나 되는가, 영지가 세 번 맺힘은 무엇을 위함인가. 금단은 세월 늦도록 소식이 없으니, 운당포 벽 위의 시에 거듭 탄식하노라.[鼎鼎百年能幾何, 靈芝三秀欲何爲. 金丹歲晚無消息, 重歎篔簹壁上詩.]"

4 한 해외 학자가 나를 찾아와 이야기를 하다가 "그대가 만약 세 글자로 자신을 칭찬한다면 무엇이라 하겠소?" 묻기에 내가 곧바로 "저서충(箸書蟲)"이라고 답하자 그가 자신도 모르게 손뼉을 치며 "기이하다"고 외쳤다. (원주)

5 연민이 2년 전에 연암소설과 실학연구로 문학박사 학위를 받았으므로, 겸손하게 표현한 것이다.
   원문의 돌돌(咄咄)은 뜻밖의 일을 당하고 깜짝 놀라서 탄식하는 소리이다. 진(晉)나라 은호(殷浩)가 조정에서 쫓겨난 뒤에 충격을 받고, 하루 종일 공중에다 손가락으로 "돌돌괴사(咄咄怪事)"라는 네 글자를 썼다고 한다. 자신의 파직이 너무나 뜻밖이었기 때문이다.

10.

성리학의 참된 가르침은 만대에 받들고

실학을 즐겨 말하는 것 또한 새 바람일세.

칠실의[7] 붉은 정성이 아침 맞아 날아오르니

선비 무리들과 설전하며[8] 그 기백 무지개 같네.

性理眞詮萬代崇。憙譚實學亦新風。
丹忱漆室迎朝翥、舌戰羣儒氣若虹。

(1968)

---

6 연민의 자녀가 6남 3녀이다.

7 노나라 칠실에 사는 아낙네가 기둥에 기대어 서서 한숨을 쉬었다. 누가 "시집
   못 가서 슬퍼 그러느냐?"고 묻자, "노나라 임금이 늙었는데, 태자가 어려서
   걱정되어 그렇다."고 대답하였다. 『후한서』나 「열녀전」에 나오는 이야기인
   데, 분수에 넘치는 걱정을 가리킨다.

8 연민이 1967년에 재단법인 성균관 이사, 1968년에 성균관 소위원, 1970년에
   유도회총본부 위원장을 맡아 성균관을 바로잡기 위해서 애썼다.

외솔 최현배 박사의 죽음을 슬퍼하며
崔孤松鉉培博士輓聯

저서의 논지를 확고히 하여
한글 학문을 밝히셨고,
왜놈에게 항거하는 뜻을 높여서
민족의 혼을 일깨우셨네.

筆書論確。昌明正音之學。
抗倭志尊。喚醒民族之魂。
(1970)

◇ 외솔은 한글전용을 주장하는 한글학자인데, 부총장으로 있던 시절에 한문학
  자 연민을 연세대학교 국문과 교수로 초청하였다. 이 시에서 고송(孤松)은
  외솔의 한자 표기이다.

어머님이 그리워
思母哀八絶

아이가 춥고 배고프면 어머니가 더 깊이 느끼니
아이가 아이를 안아보고서야 그 마음 비로소 알았네.
아! 내 죽을 때까지 잊지 못할 일은
어머니가 쉰 살 난 아이 손에 쥐어주신 사과일세.[1]

兒寒兒病母知深。兒抱兒時始識心。
嗟吾至死難忘事、吾母手遺五十兒。
(1970)

---

1 내가 열댓 살 때부터 아침에 나갔다가 저녁에 돌아오면 어머니께서 이따금
  손에 주먹만 한 능금을 주시면서 먹게 하셨다. (원주)

작은 부채에 시를 써서 아내 손진태에게 주다
題小箑子贈內孫悊曜晉台

삼십오 년이나 더웠다 추웠는데
가죽옷 하나 부채 하나 사 주지 못했네.
그대 손에 쥐어주니 기뻐하는 빛이 있어
목석 같던 예전 이씨 낭군이 이제는 아닐세.

三十五回炎復凉。一裘一箑未爲償。
知君抵掌怡然意、木石今非舊李郞。
(1971)

손자 창남이 태어나 기쁘기에

昌南生喜賦二絶

윤6월 19일 정유는 양력 7월 11일인데, 술시(戌時)에 손자가
태어나 이름을 창남(昌南)이라 하고, 자를 화국(華國)이라 하였다.

1.
하늘 위의 문성이 환하게 밝으니
인간 세상에 드문 기이한 보배라 경사롭기 한량 없네.
우리 집안의 할아버지들이 손자를 사랑했으니
육 년 차이까지 같아[1] 기쁨 더욱 많아라.

天上文星煥有昌。人間奇貨慶无量。
吾家祖祖孫孫愛、交六差池感喜長。

(1971)

---

1 할아버님께서 회갑 되시던 해에 내가 태어나 사람들이 정가(鄭家)와 조금
   같다고 하였는데, 아버님께서 49세 되시던 해에 (내 아들) 동활(東活)이 태어
   났다. 올해 내가 55세인데 창남이 태어났으니, 아버님과 비교하면 6년이 늦
   고 할아버님과 비교하면 6년이 빠르다. 참으로 기이한 일이다. (원주)

2.

동쪽과 남쪽은 한 기운이 서로 살려주니
우주라는 큰 요람을 처음 탔구나.
밤 깊도록 북두칠성께 맑은 목소리로 비노니
인간 세상에 가장 좋은 사내가 되게 해주소서.

一氣相生同復南。初乘宇宙大搖籃。
夜深禱斗惺惺語、願作人間最好男。
(1971)

통고당집(通古堂集)

(1973~1977)

육영수 여사의 죽음을 슬퍼하며
哭陸女士英修二絶

1.

현철한 아내는 예부터 얻기 어려웠는데
슬픔과 영광이 지금 여기에 갖추어졌구나.
가난한 골목까지 자비로운 은혜를 베풀어
밝은 달도 그 죽음을 탄식하네.

哲婦古猶難、哀榮今此備。
窮巷沁恩慈、皎月嗟永閟。
(1974)

2.

박공이여! 아이처럼 울지 마소
그대 아내는 그대 대신에 떠났다오.
그 소리 만 이랑 물결처럼 퍼지니
천고에 슬프고 가슴 아픈 소리일세.

朴公止兒啼、汝孃替我去。
聲傳萬波波、千古悲酸語。
(1974)

동짓달 이일은 차녀 혜랑이 시집가는 날인데
맑은 아침에 반가운 까치가 와서 울다

南至月初二日爲次女慧郞燕爾之辰淸朝喜鵲來報溪坡翁以
一絶志喜謹次

반가운 까치가 세 번이나 까악까악 울어대니
즐거운 소식이 우리 집에만 들리는구나.
하늘이 맺어준 인연이란 구절을 공손히 외워보니
세상에 드문 빛이 너희에게 가득 아름답구나.

喜鵲三朝査復査。聞之偏似爲吾家。
焚葵莊誦天緣句、曠世光華彌爾佳。

(1974)

◇ 원제목이 길다. 「동짓날 2일은 차녀 혜랑이 시집가는 날인데, 맑은 아침에
반가운 까치가 와서 울자 계파 옹(溪坡翁)께서 그 기쁨을 절구로 지으셨다.
이에 삼가 차운하다」

완당의 고택을 다시 찾아보며
再訪金阮堂古宅志感

문장은 연암에게서 망하고

시는 자하에게서 망했으며

글씨는 추사에게서 망했다니[1]

이 말이 잘못되었는가.

처음 들을 땐 깜짝 놀라고 괴이하여

깎아내린 듯하다가 칭찬하는 말 같기도 했지.

미수옹이 과두문자를 쓰자

자수[2]가 사특하다고 배척했지만,

신묘한 변화가 이에서 극에 이르렀으니

옛날로부터 세월이 오래되었기 때문일세.

바름을 지킨다고 자부하는 선비들이

공연하게 혀를 차며 탄식했지.

◇ 완당의 고택을 흔히 추사고택(秋史古宅)이라 부르는데, 추사 김정희의 고택
은 충청남도 예산군 신암면 추사고택로 249에 있다. 김정희의 증조부 김한신
이 영조의 사위가 되면서 서울과 예산에 저택을 하사받았는데, 김정희는 이
집에서 태어나고 자랐다. 충청남도 유형문화재 제43호이다. 김정희가 서울
에서 살던 집은 월성위궁(月城尉宮)이라 불렸는데, 현재 건물은 없어지고 그
터에 백송(白松)만 남아 있다. 그래서 추사고택이라면 예산에 있는 집을 가리
키는데, 현재 일부만 남아 있다.

1 산강(山康) 변영만(卞榮晚)의 평가인데, 더 이상 발전할 수 없을 정도로 극치
를 이루었다는 칭찬이다.

2 서곡(西谷) 이정영(李正英)의 자이다. (원주)

비유하자면 아름다운 금침과 같아

하룻밤 자고 나면 깨끗함이 줄어드는 법,

변화에도 좋고 나쁨이 있으니

잘 변하면 또한 아름답다네.

옛을 배우다 더럽혀지면 썩고

지금 새로 만든다고 기울어지지는 않아,

큰 도가 바로 여기에 있으니

내 말이 어찌 괴벽하랴.[3]

文亡於燕巖、詩亡於紫霞。
筆亡於秋史、此言疇爲邪?
刱聞頗驚怪、似貶還爲誇。
眉翁科斗字、子修斥以衰。
神變斯已極、去古日彌賖。
自居守正士、公然費咨嗟。
譬如美衾枕、一宿減淸華。
變有善不善、善變亦云姱。
學古泥則腐、刱今莫敧斜。
大道諒在此、我言豈嗜痂?
(1977)

3　원문의 기가(嗜痂)는 부스럼딱지를 즐겨 먹는다는 뜻이니, 괴벽한 기호(嗜好)
　를 가리킨다. 송나라 유옹(劉邕)이 가는 곳마다 부스럼딱지를 즐겨 먹으면서
　복어(鰒魚) 맛과 같다고 하였다.

수승대
搜勝臺

안음의 수승대가 가장 빼어나니[1]
우리 선조께서 이름 지으신 곳일세.[2]
선경이라 보기에 더욱 좋으니
티끌 세상의 시름이 불어 오지 않네.
기이한 바위에 오래된 나무가 살고
늙은 용이 맑은 우렛소리를 내네.
이름 새긴 선비들에게 경계하노니
바위가 갈리면서 이름 또한 이지러졌구나.

安陰搜勝最、吾祖命名臺。
仙境看愈好、塵愁送不來。
巖奇生古樹、龍老吼晴雷。
戒爾鑴名士、石磨名亦頹。
(1977)

---

1 수승대(搜勝臺)는 영남 제일의 동천으로 알려진 안의삼동(安義三洞) 가운데
하나인 원학동(猿鶴洞) 계곡 한가운데 있는 커다란 바위이다. 예전에는 백제
와 신라의 국경지대였으므로 백제가 멸망할 무렵에 백제 사신들이 돌아오지
못할까봐 근심하며 보냈다고 하여 수송대(愁送臺)라 불렸다는 전설이 있는
데, 중종(中宗) 때에 요수(樂水) 신권(愼權)이 이곳에 은거하면서 바위 모양이
거북과 같다고 하여 구암대(龜巖臺)라 하고, 골짜기를 구연동(龜淵洞)이라
하였다.

16세기 후반에는 갈천(葛川) 임훈(林薰, 1500~1584)이 수송대의 주인이었는데, 퇴계가 임천에게 보낸 시가 수승대 바위에 새겨져 있다. 이때부터 수송대를 수승대라고도 불렀다.

수승으로 이름을 새로 바꾸니
봄을 만나 경치 더욱 아름답겠네.
멀리 숲에선 꽃들이 피어날 테고
응달 구렁에는 눈이 아직 덮여 있겠지.
수승을 찾아 아직 구경하지 못했으니
상상하며 아쉬운 마음만 더해 가네.
뒷날 한 동이 술을 마련하여
커다란 붓으로 구름 덮인 벼랑에 쓰리라.

搜勝名新換、逢春景益佳。遠林花欲動、陰壑雪猶埋。
未寓搜尋眼、惟增想像悔。他年一樽酒、巨筆寫雲崖。

정암문존(貞盦文存)

(1978~1984)

죽은 아내 숙요 유명영을 꿈에 보고
夢亡妻柳淑曜命永二絶

   추석 다음날이 죽은 아내의 기일인데, 이틀 전날 밤에 엎치락
뒤치락 잠을 이루지 못하다가 갑자기 꿈결에 아내를 만났는데,
살아있을 적의 모습과 꼭 같았다. 43년 만에 처음 일이었다. 잠
시 뒤에 깨어보니 새벽 3시이기에 느낀 바 있어 시를 지었다.

견우가 헤어지고 푸른 은하수 멀어졌는데
둘째 날 밤에 밝은 달이 분명하구나.
사십삼 년 만에 처음 꿈에 만났는데
꿈속에서 꿈이 되다니 갑절이나 서글퍼라.

牛郎離別碧河遙。明月明朗第二宵。
四十三年嗟一夢、夢中成夢倍悄悄。
(1979)

박정희 대통령의 피살 소식을 듣고
聞朴大統領正熙被殺二絕

1.

가련케도 슬픔과 즐거움이 함께 가락을 울리니
귀신과 사람이 한바탕 맞붙는 걸 어쩔 수 없네.
세상의 정객들에게 부탁하노니
부디 올바른 길 따르고 고집부리지 마소.

可憐悲喜雙吹曲、無奈鬼人一決場。
寄語世間爲政客、恪循恒軌勿强梁。
(1979)

2.

캄캄한 밤중에 밝은 촛불 켰는데
경박한 작은 나방이 끝내 몸을 태웠네.
절규하던 유신도 공염불이 되었으니,
높이 올라간 용은 후회한다는 주역의 가르침이 만고의 진리일세.

沈沈漆夜媒明燭、輕薄微蛾竟殉身。
絕叫維新空念佛、易云亢悔義彌眞。
(1979)

◇ 한쪽에선 슬퍼하지만 한쪽에선 기뻐하던 국민들의 착잡한 심정을 첫 구절에 서 '쌍취곡(雙吹曲)'이라 표현한 다음, 독재자가 그토록 부르짖던 유신(維新) 도 공염불(空念佛)이 되었다며 『역(易)』에서 경고한 "항회(亢悔)"의 진리를 다시 한 번 확인하였다. 나중에 정치가나 언론인들이 "항룡후회(亢龍有悔)"를 자주 들먹였는데, 독재자의 말로를 경고하는 표현으로는 연민이 최초로 언급 한 것이다.

보스톤을 떠나면서
將離波士頓有感

아름답구나 보스톤이여
늙은 연민이 이곳에 살고 싶구나.[1]
비록 나하고는 체질이 다르지만
성기(聲氣)가 서로 통하네.
꽃과 나무도 아름다운 게 많고
상질(緗袟)이 모두 기이한 책들이라,[2]
말도 오래 되면 통할 수 있고
마음도 서로 멀지가 않은데다,
하물며 날씨까지도 좋아
가을엔 서늘하고 봄에는 따뜻함에랴.
그대에게 원하노니 방 하나를 빌려
읊고 읽으며 마음껏 지내고파라.

美哉波士頓、老悲此欲居。
與我雖異質、聲氣可相噓。
花木多瑰品、緗袟總奇書。
言語久可通、情意未相疎。
況是天氣好、秋涼而春昫。
願君借一室、吟讀自在余。
(1983)

---

1 연민이 1983년 가을에 미국 하버드대학에서 개최된 퇴계학 국제학술대회에
   발표하러 보스톤에 갔다가, 보스톤의 아름다운 분위기를 좋아하여 이 시 첫
   구에 "아름답구나 보스톤이여[美哉波士頓], 늙은 연민이 이곳에 살고 싶구나
   [老悊此欲居]"라고 감탄하였다. 1983년에 지은 시문을 편집하여 「미재욕거지
   실고(美哉欲居之室藁)」라고 제목을 붙인 것도 이 때문이다.
2 상질(緗袠)은 담황색 책갑이다. 하버드대학 옌칭도서관에 소장된 한국 고서
   들을 가리킨다. 연민이 옌칭도서관에 써준 글씨가 지금도 남아 있다.

라스베이거스 밤 경치
羅思倍加思夜景

전깃불 휘황찬란한 집에 손님이 가득 찼으니
이곳이 바로 인간 세상의 도박장일세.
세월을 헛되이 보내는 게 참으로 안타까우니
몸도 죽이고 나라도 망쳐 사태가 아득해지리.

電光燁燁客盈堂。摠是人間賭博場。
空費年華眞可惜、屠身戕國事迷茫。
(1983)

하와이

布哇

하늘이 나에게 시간을 주면
이곳에 깨끗한 집 하나를 두고 싶구나.
옷 풀어헤치고 두 다리 뻗어
마음 편하게 기이한 책 읽고 싶구나.

天若假吾年、置此一精廬。
解衣自盤礴、怡神讀奇書。
(1983)

허권수 군이 내가 연세대학교에서 정년퇴임한다는 소식을 듣고 시를 보내왔기에, 그 시에 차운해서 답으로 부친다

許君捲洙聞余停年退任於延世學園以詩來步其韻却寄

뭇 벌들이 오래된 종이 꿰뚫는 이치 알았나니
조그만 빛 통하는 구멍으로 결국 무얼 보겠는가?
늙은 나 전혀 일 없으리라 탄식하지 마시게!
뜰 가에 매화 심어 화단 하나 일구리라.

領得群蜂古紙鑽。小光明竇竟何觀。
莫歎老走渾無事、庭畔栽梅闢一壇。

(1984)

◇ 고등학생 때부터 연민에게 편지를 보내어 한문을 배우던 허권수(경상대 교수)가 먼저 지어 보낸 원시는 아래와 같다.
「임술년 양력 6월 18일에 한학 대가 연세대학교 교수 연민선생이 정년으로 퇴직한다는 소식을 듣고 칠언절구 한 수를 대충 얽어 절하고 드린다」
壬戌公曆六月十八日, 聞漢學大家延世大學校敎授淵民先生以停年退自其職, 粗構七絶一首, 以拜呈之

만약 우리나라에 선생의 연구 없었다면,
국학은 어지러이 잘못되어 볼 만한 것 없었으리.
문하생으로서 긴 탄식 금치 못하는 것은,
큰 종 두들겨지지도 않은 채 문득 강단 떠나기에.
吾韓若欠此公鑽. 國學錯訛無可觀.
門下不禁長息者, 大鐘未扣忽離壇.

『예기(禮記)』「학기편(學記篇)」에, "질문에 잘 답하는 것은 종을 치는 것과 같다. 작게 치면 작게 울리고 크게 치면 크게 울린다"는 말이 있다. 즉 선생은 종이고 학생은 종을 치는 사람이다. 큰 종은 크게 치지 않으면 소리가 없다.
* 이 시는 허권수 교수 본인이 번역하였다.

함부르크에서 동독을 지나가며
自漢堡經東獨

동·서의 두 베를린이
한 구비 물로 막혀 있구나.
외치면 함께 말할 수도 있겠건만
천 겹 산이 가로막힌 듯해라.
어떻게 하면 저 벽에 부딪쳐
귀문관을 건너갈 수 있을까.
나같은 이방 나그네까지
시름과 탄식으로 길 가기 어렵구나.

東西二伯林、只遮水一灣。
呼之可與語、隔如千重山。
奈何一衝去、如度鬼門關。
令我異邦客、愁歎行路艱。
(1984)

94

서베를린
西伯林二絶

이같이 아름다운 산하가 가련케도
네 조각으로 찢어져 통일되지 못했네.
무너진 집은 풀에 묻히고 차가운 비까지 오래 내리니
독재의 매서운 자취가 아직도 사그러들지 않았구나.

可憐如此美河山。四礫中分不復完。
草沒荒臺寒雨久、獨裁餘烈未銷殘。
(1984)

2.
가을바람 쓸쓸히 부니 시 짓고 싶어지는데
밤 고요해지자 수많은 귀신 울음소리가 들리네.
같은 병 앓는 나그네 마음 더욱 아프니[1]
흰 머리 늘어나는 걸 어쩔 수 없네.

秋風槭槭惹詩愁。夜靜猶聞萬鬼啾。
最是傷心同病客、不堪蕭瑟白添頭。
(1984)

---

1 동·서 베를린이 둘로 나뉜 것이 마치 우리 한국이 남북으로 나뉜 정황과
같다[東西伯林兩斷, 如吾韓南北情況]. (원주)

파리를 떠나면서

將離巴里

내 장차 이곳을 떠나려니
사랑스런 마음 갑절이나 더해지네.
아름다운 여인과 헤어지는 것처럼
더딘 걸음이 앞으로 나아가지를 않네.
나는 한낱 한가롭게 사는 선비라
모든 일을 자연에 맡기고,
옛사람 책을 즐겨 읽으며
흰 머리 되도록 괴롭게 갈고 닦았네.
상형문자를 몹시 좋아하여
시를 읊으면 자못 아름다웠지.
알아주는 이 없어도 한스러워하지 않고
외롭게 지내며 스스로 가여워했지.
내가 세느 강을 사랑하노니
마치 숙세의 인연이라도 있는 듯해,
이 강가에 셋집이라도 얻어서
시를 읊으며 남은 해를 보내고파라.
이 또한 쉽게 이뤄질 수는 없어
머리 긁적이다 보니 구름 끝이 아득해라.
꿈에라도 오가면서
장자의 나비[1] 되어 날고 싶구나.

吾將離此地、情思倍芊眠。
如與佳人別、懶步故不前。
我是一散士、萬事任自然。
憙讀古人籍、苦鍊到華顚。
酷嗜象形字、吟詩頗嬋娟。
不恨無知者、孤操祗自憐。
我愛細娜江、似有宿世緣。
傲屋此江上、吟詩可殘年。
此亦不易得、搔首莫雲邊。
猶是夢來往、莊蝶欲翩翩。

(1984)

◇ 선생이 이해 가을에 처음 유럽 여러 나라를 여행하다가 파리에 있는 세느
　강의 아름다운 경치와 분위기에 매료되어, 강가에 집 하나를 얻어 여생을
　즐길 생각을 했었다. 그러나 쉽게 실행할 수도 없어 명륜동 산장으로 돌아와
　누웠는데, 이따금 세느 강의 모습이 꿈속에 나타났다. 그래서 1984년에 서재
　이름을 몽두나강지실(夢逗娜江之室)이라고 하였다.

1 장자(莊子)가 꿈속에 나비로 변하여 즐겁게 놀았는데, 꿈을 깨고 난 뒤에 '내
　가 나비로 변한 꿈을 꾸었는지, 나비가 나(장자)로 변한 꿈을 꾸고 있는지'
　구별을 잊었다고 한다. 이 이야기는 『장자』 「제물론(齊物論)」에 실려 있다.

97

차가 더 좋은지 술이 더 좋은지
擬判茶酒優劣論二絶

세상 사람들이 무슨 일로 어지러이 소모하나.
차는 정신을 맑게 하니 취하게 하는 술보다 낫다네.
술주정으로 몸을 망친 이야기는 예부터 있었지만
차 좋아하다가 나라 망쳤다는 말은 들어본 적이 없네.

世人何事費紛紛? 可是茶淸勝酒醺。
酗酒墮身從古有、嗜茶亡國未曾聞。
(1984)

유연당집(遊燕堂集)

(1985~1989)

열상고전연구회의 여러 친구들이 춘천의 강원대학교에 모여 발표하고 아울러 여러 명승지를 탐방하다

洌上古典研究會諸友會講于春川之江原大學校兼以探訪諸勝

열상고전연구회 회원들이
토요일 오후마다 모였네.
서로 도의로 이끌어주며
문자를 맘껏 연구하였네.
어느새 봄이 지나간 것도 몰라
나무 그늘이 푸르게 원을 이루었구나.
일우가 나를 일으키고
청지와 문천이 함께 나서서,
대여섯 또는 예닐곱 명이
차를 몰아 춘천으로 향했네.
동수가 논문을 발표했으니
백운 이규보의 화백시 편이라,
머리를 맞대고 서로 토론하니
그 일이 참으로 아름답구나.
향토 음식이라 춘천 막국수를 자랑하니
가느다란 국수 올이 입에 걸렸지.
충장사를 예방하니
신비한 글에서 구름과 연기 일어나네.
오래 전부터 사모했던 맑은 선비
고려시대 이자현이라,

청평을 바라보며 달리다 보니
서산의 해가 못으로 떨어지누나.
바쁜 걸음으로 돌아오며
머리 돌려보니 서글프구나.

洌上古典會、土曜下午天。
相仗以道義、文字恣究孿。
不覺春已過、樹陰碧成圓。
一愚起予者、淸之與文泉。
五六復六七、驅車向春川。
童樹有論攷、白雲和白篇。
聚首而穩討、其事慕嬋娟。
土味誇春麪、近口絲絲懸。
禮訪忠壯祠、緯書起雲煙。
夙慕淸蛻士、麗代李子玄。
擬向淸平去、西日欲沈淵。
忽忽作歸步、回首一悵然。

(1986)

◇ 1986년 5월 16일에 15명의 회원들이 춘천 강원대학교 도서관에서 연구발표
회를 열었다. 이 시에 나오는 일우(一愚)는 송준호 교수(연세대)의 아호이며,
청지(淸之)는 김영 교수(강원대), 문천(文泉)은 허경진 교수(목원대)의 아호
이다. 이 모임에서 유재일 회원(童樹)이 「백운 이규보의 화백시(和白詩)」에
대하여 발표한 뒤에 촌떡과 춘천 막국수를 먹고, 신숭겸의 묘가 있는 충장사
를 예방하였다. 그 자리에서 이가원 회장이 이 시를 지었다.

　　　　　　　　　　　　　　　　　　　　　－『열상고전연구』 창간호(1988) 화보

도연명의 음주 시에 화운하다
和陶淵明飲酒二十首

1.

옛날 젊은 시절을 생각해보니
술이 생겼다 하면 문득 마셨지.
내가 그렇게 좋아한 것도 아니건만
암담한 시절을 만났기 때문일세.
조국이 이미 망해 버렸으니
세상 모든 일이 슬프기만 했지.
술 마시지 않으면 무얼 하나
나를 경계할 일이 도무지 없었지.
그래도 조금만 취했을 뿐
내 몸을 단정하게 지켰지.

憶昔靑歲日、得酒輒飮之。
非吾酷嗜也、適値黯黮時。
祖國已淪亡、萬悲都萃玆。
不飮更何爲、頓無自驚疑。
然而微醉已、貞確故自持。

(1986)

103

9.

조국이 처음 광복되자
웃는 이를 잠시 열어 보였지만,
강산이 갑자기 반으로 나뉘어져
같은 집에서 다른 생각을 지니게 되었네.
붉고 흰 게 무엇이기에
동포와 민족의 길이 갈라지다니.
하늘에게 물어도 푸른 하늘은 말이 없어
나로 하여금 안절부절하게 하네.
남으로 퍼졌다가 북으로 돌아서니
마시지 않고도 진흙탕처럼 취하였네.
거친 들판에 오랫동안 헤매이다가
벗들이 모여 부정풀이를 했네.[1]
찰랑찰랑 강물 하나 사이에
혼과 꿈이 또한 헤매이니,
어느 날에야 이 의혹이 다 풀려
북으로 갔다가 또 남으로 돌아올까.

祖國初光復、笑齒暫見開。
河山忽半壁、同室操異懷。
紫白是何道、胞族永相乖。
問天蒼無語、使我更栖栖。
南播更北旋、不飮醉如泥。
荒野久回皇、朋聚恣談諧。
盈盈一水間、魂夢亦凄迷。
何日堅氷釋、北去復南回。
(1986)

◇ 70세 되던 1986년에 퇴계시(退溪詩)를 역주(譯注)하면서 「화도연명음주이십
  수(和陶淵明飲酒二十首)」를 읊다가 도연명의 깊은 뜻을 느껴 「화도연명음주
  이십수(和陶淵明飲酒二十首)」를 지었는데, 낮 12시부터 시작하여 저녁 6시에
  마쳤다. 술도 좋아하지 않는 연민이 그 뜻을 좋아하여 차운한 것이다.

1 연민이 1939년에 명륜전문학원에 입학하였는데, 김태준 선생이 가장 아끼던
  제자 정준섭(丁駿燮)과 가깝게 지냈다. 연민은 이 시절 울적할 때마다 부정풀
  이를 즐겼다. 왜놈 세상이라 침울하고 답답해서 견딜 수 없으므로, 박종세(朴
  鍾世), 정준섭 등과 함께 한시를 지어서 울적한 마음을 풀어냈던 것이다. 원
  문의 담해(談諧)를 연민이 일찍이 '부정풀이'라고 설명했다.

독립기념관이 공사중에 불 탔다는 소식을 듣고

八月十一日丁亥卽夏曆七月六日也竟丑一時大雷雨起而明燭志感

간신과 매국노들 때문에
삼십육 년이나 슬펐는데,
조국이 비록 회복되었다고는 하나
운수가 기박히여 얼마나 한스럽구나.
강산은 슬프게도 반으로 나뉘어졌으니
남과 북이 어찌 다른 태생이랴.
민족반역자들이 아직도
편안하게 상 받으며 괴수로 지내는구나.
이른바 독립기념관이라는 게
웅장하게 짓다가 홀연 재가 되다니,[1]
한밤중에 천둥 치고 큰 비가 쏟아져
벼락에 나무와 돌들이 다 꺾어졌네.
사람들을 깨우치려는 뜻이건만
사람들은 귀가 먹어 듣지 못하네.
하늘의 위엄이 이다지 크니
어찌 두려워하지 않을 수 있으랴.

群奸昔賣國、三十六年哀。
祖國縱云復、運蹇事堪唉。
河山悲半壁、南北豈異胎。
民族反逆者、恬然居勳魁。

所謂獨立館、傑構忽成灰。
中宵大雷雨、霹落木石摧。
所以警動人、人聾不知開。
天威大如此、安得無畏哉。
(1986)

◇ 제목의 직역은 이렇다. 「8월 11일 정해일은 음력 7월 6일인데, 축시에 일시에 큰 천둥과 비가 퍼붓기에 일어나서 불을 밝히고 느낌을 쓰다」
　　독립기념관을 짓는다는 명분으로 국고와 국민들의 성금을 **빼돌려** 착복하고 부실공사를 하다가 결국 완공을 앞둔 1986년에 커다란 화재로 잿더미가 되게 만든 사건이 일어나자, 연민이 이 시를 지었다. 국고를 횡령하여 부실공사를 한 그 자체보다도 아직도 매국노 민족반역자들이 판치고 조국이 둘로 나눠진 상황에서 겉만 번지르르하게 독립기념관을 지었다는 것을 비판한 것이다.

1　5일 전날 밤에 독립기념관이 미처 준공도 하기 전에 불이 났다. (원주)

꿈 이야기
記夢二絶

회오리바람 소리가 나면서 창틈으로 빗방울이 뿌려지고 교룡이 그 틈으로 넘나들어 엎치락뒤치락 잠을 이루지 못했는데, 꿈결엔 듯 두 손님이 나타났다. 스스로 이지(李贄)와 허균(許筠)이라고 하면서 내게 소설 한 편을 주었는데, 내가 받아들고 미처 읽어보기도 전에 두 사람이 그 제목을 가지고 논하였다. ·한 사람은『민노(民怒, 백성들의 노여움)』이라 했고, 한 사람은『노민(怒民, 분노한 백성)』이라 했는데, 오래 되어도 결판이 나지 않았다. (내가 사는) 매화노옥(梅花老屋) 동편을 바라보니 붉고 푸른 두 줄기 불이 일어났는데, 한 사람은 인화(人火)라 하고, 한 사람은 귀화(鬼火)라 하면서 오래 다투어도 결판이 나지 않았다. 의아해하다가 꿈에서 깨고 보니 양력 8월 27일 새벽 2시였다. 일어나 불을 밝히고 그 사연을 썼다.

1.
도깨비불인지 사람이 낸 불인지 둘 다 의심스럽고
민노(民怒)로 할지 노민(怒民)으로 할지 의논하는 것도 기이해라.
이지(李贄)는 요선(妖禪)이고 허균은 궤휼해
말이 모두 기괴하고 일은 탄식스럽네.

鬼人之火兩然疑。民怒怒民推敲奇。
贅也妖禪筠也譎、語皆瑰怪事堪噫。

(1986)

2.

유교반도 두 괴수가[1]

어찌 바람을 타고 꿈속까지 찾아오셨나.

넘실거리는 혼탁한 물결이 지금도 그 당시 같으니

뭇사람들에게 시기받던 기이한 재주를 슬피 생각하네.

儒敎叛徒二鉅魁。胡爲翩颯夢中來。
滔滔黃濁今猶古、悼憶奇才衆所猜。

(1986)

---

1 유교반도는 청나라에서 이지(李贄)에게 씌운 죄명이었는데, 허균이 역적으로 몰려 죽자 연민이 『유교반도 허균』(이가원 저, 허경진 역, 연세대학교출판부, 2000)이라는 책을 써서 허균을 옹호하였다.

내가 일흔이 되었다고 환재'가 축하시를 보냈으니 화답하지 않을 수 없기에

環載亦有是作不能無和二絕

1.

일흔 노인이지만 아직도 머리는 희지 않아
범상치 않다고 그대의 시에서 나를 칭찬했네.
완암의 평어가 정녕 남아 있으니
망구²에 사흘 기다림도³ 또한 바라보리라.

七十翁猶髮未霜。君詩詫我不循常。
玩菴評語丁寧在、望九遲三亦可望。
(1987)

2.

그대가 부지런히 이 늙은이를 찾아와
슬픔과 기쁨을 십 년 동안 함께하였네.
택민⁴이 방금 봉래에서 이르렀으니
오두막 동쪽에 세 오솔길 열어 놓겠네.

感子辛勤訪此翁。悲歡十載與之同。
澤民時自蓬萊到、三逕爲開小閣東。
(1987)

◇ 연민이 일흔 되던 해에 연민학회 이사장 박우달(朴雨達)이 축시를 짓자 연민이 화답했는데, 하유집이 다른 운자로 축시를 지어 보내자 연민이 다시 차운하였다. 그래서 제목에 "환재역유시작(環載亦有是作)"이라고 하였다. 하유집이 지어 보낸 시는 다음과 같다.

유집이 선생의 문하에 드나들며 사랑을 받은 것이 매우 깊었다. 매번 산수를 찾아 모시고 다녔는데, 정신과 기운이 장년과 다름없으므로 다른 노인들과 스스로 다르다고 여겼다. 이제 일흔이 되셨기에 감히 거친 글이나마 엮어서 조그만 충심을 표시한다.

1.
서재[5]를 드나든 지 이미 십 년에
자상하게 일러주고 타이르신 게 심상치 않으셨네.
자나 깨나 충성스런 뜻 본받기를 어찌 잊으랴
우둔한 성품이라 기대에 부응치 못해 부끄러워라.

出入軒屛已十霜。耳提面誘不尋常。
敢忘癯瘵效忠意? 堪愧質愚未副望。

2.
누가 선생에게 고희 늙은이라고 하랴
정신과 기백이 청신하여 젊은 시절과 같으시네.
참다운 근원을 탐구하여 선조를 이으셨으니
박식한 문장과 고결한 명망이 동서에 알려지셨네.

若翁孰爲古稀翁? 神氣淸新少日同。
探究眞源繩祖武、博文雅望聞西東。

1 환재(環載)는 제3대 연민학회 이사장 하유집(河有楫)이다.
2 망구(望九)는 구십을 바라본다는 뜻인데, 81세를 가리킨다.
3 맹자가 제나라를 떠날 때에 주(晝) 고을에서 사흘을 기다리다가 떠났다. 왕이 다시 자신을 부르리라고 기대했기 때문이다. 제나라 사람 윤사(尹士)는 사흘이나 기다린 것이 더디다고 비난했지만, 맹자는 너무 빨랐다고 말했다.
4 택민(澤民)은 당시 연민학회 이사장 박우달(朴雨達)이다.
5 원문의 헌병(軒屛)은 마루의 난간과 방 안에 둘러친 병풍이라는 뜻인데, 어른의 곁을 이르는 말이다.

화병에 꽂은 국화
甁中揷菊

그림 화병에 국화 세 가지를 꽂으니
오월 맑은 서재에 가을빛이 기이해라.
남산을 서글피 바라보며[1] 홀로 술잔 기울이노니[2]
연옹이 이날 어찌 시가 없을 수 있으랴.

畵磁甁裏菊三枝。五月淸齋秋色奇。
悵望南山成獨酌、淵翁此日可無詩?
(1987)

---

1 동쪽 울 밑에서 국화를 따다가
   하염없이 남산을 바라보노라.
   採菊東籬下, 悠然見南山. – 도연명 「음주5」
   도연명의 시에서 유연견남산(悠然見南山) 구절을 가져다가 창망남산(悵望南
   山)이라 표현하였다.
2 연민은 평소에 술을 좋아하지 않았지만, 국화와 술을 좋아했던 도연명을 생
   각하면서 독작(獨酌)한 것이다.

이한열 청년의 죽음을 슬퍼하며
李秀才韓烈輓歌三絶

1.

반세기 동안 저 독재가 이어져

맞아 죽고 몰래 파묻힌 죽음들 다 슬프구나.

가장 치열하게 항쟁한 이가 누구던가

애국청년 이수재일세.

半世紀閒彼獨裁。椎埋陰虐儘哀哉!

抗爭鶩烈其誰也? 愛國靑年李秀才。

(1987)

3.

바람수레[1] 타고 멀리 광한전 길에 오르니.

윤동주 시인이 웃음 띠고 맞아주네.

왜놈에게 무너지고 민족끼리 싸우는 것이 옛과 지금이 다르건만

천년 무악은 꿋꿋하구나.

颷輪遙指廣寒程。東柱詩人含笑迎。

倭訌族殘今昔異、千年母岳幷崢嶸。

(1987)

◇ 71세 되던 1987년에 전두환 군사독재정권과 맞서 싸우며 민주화투쟁에 앞장
 섰던 연세대 학생 이한열 군이 최루탄에 맞아 세상을 떠나자, 연민이 이 시를
 지어 목숨을 아끼지 않고 투쟁하다 죽은 이 시대의 젊은이를 애국청년으로
 노래하였다. 무악의 정기를 함께 나누었던 연희전문 선배 윤동주가 그를 환
 영하는 구절에서 식민지시대와 독재시대를 한가지로 표현하였다.

1 원문의 표륜(飈輪)이나 표거(飈車)는 바람이 끈다는 전설 속의 수레인데, 이
 수레를 타야 약수(弱水)에 빠지지 않고 선계(仙界)에 오를 수 있다.

어찌하면 좋을까
奈若何三絶

1.

백만 건아의 사자같은 울부짖음이
가련한 전두환 이순자를 개처럼 꾸짖네.
연희궁 속에 달빛 황혼 찾아들자
휘장 속에서 슬픈 노래 부르며 술잔을 잡네.

百萬健兒獅子吼。可憐全李呵如狗。
延禧宮裏月黃昏、玉帳悲歌杯在手。
(1988)

2.

민주정의당은 자칭 공의로운 당이라면서도
불공정 불의를 제멋대로 저지르네.
몸은 비록 다시 장가들었다지만 옛님이 그리워
구시대 죄악 청산을 일부러 질질 끄네.

民正自稱公義黨、不公不義恣行之。
身雖再醮猶餘戀、舊惡勘淸故故遲。
(1988)

만화제소집(萬花齊笑集)

(1990~1997)

칠월 팔일에 조선인민공화국 주석 김일성이 서거했다는 소식을 듣고
七月八日朝鮮人民共和國主席金日成逝去聯吟三絕

1.

맹호가 숲에서 나와 처음으로 뜻을 펼쳤으니

연개소문 이후에 가장 영웅이었네.

시비와 공과는 길게 말하지 마세

단군 할아버지의 산하를 피로 검붉게 물들였으니.

猛虎出林初得意、蘇文之後最爲雄。

是非功過休饒說、檀祖河山血殷杠。

(1994)

3.

하늘이 우리 단군민족을 도와주지 않아

경인년 전쟁으로 슬픈 일 많았지.

이승만과 김일성이 모두 끌려갔으니

여러 귀신들이 일제히 몽둥이를 보내리라.

皇天不祐吾檀族、白虎鏖兵事可哀。

承晩與渠俱捽去、一齊羣鬼送椎來。

(1994)

조선문학사 원고가 이루어지다
朝鮮文學史薰成自志所感三絕

계유년 양력 9월 9일에 원고를 쓰기 시작하여 2년 7개월을 공들여 병자년 4월 6일에 원고가 이뤄졌으니, 음력 3월 19일 계유이다. 원고지가 모두 1만여 매인데, 24장으로 나누어서 상·중·하 3책이다.

1.
사천여 년 우리 문학사가
낭만주의 사조에 사실주의 풍조일세.
삼 년 병과 싸워가며 역사 한 권을 이루었으니
가련케도 죽지 않았구나, 저서충이여!

四千餘載人文事、浪漫之潮寫實風。
鬪病三年成一史、可憐不死箸書蟲。
(1996)

3.
병중에도 원고를 쓰고 꿈속에서도 중얼거리며
사람과 귀신의 느낌이 통하여 황홀하였네.
책 이루어졌다고 즐기다 보니 봄빛도 좋아
모든 꽃들이 연옹을 바라보며 일제히 웃네.[1]

病中咀嚼夢中囈、怳也人神感與通。
自喜書成春色好、萬花齊笑坐淵翁。

(1996)

1 　원문의 '만화제소(萬花齊笑)' 네 글자를 따다가 연민이 마지막 문집의 제목을
　　『만화제소집(萬花齊笑集)』이라 하였다.

혼인 육십 주년 되던 날 밤
回卺之夕感吟六絶

올해 병자년(1996) 동짓달 20일은 내가 아내 손철요(孫悊曜)와 혼인한 지 육십 년 되는 날이다. 이는 우리 집 직계 21세 육백 년 동안 처음 생긴 경사이지만, 시국이 이처럼 어지러워 아이들에게 잔치를 베풀거나 손님을 부르지 말라고 경계하였다.

1.
열여덟 꽃다운 나이의 아리따운¹ 규수가
동쪽 집 글 읽는 신랑에게 시집왔다네.
대대로 청렴 검소하게 살아와 다른 기술이 없으니
맹광² 같은 어진 아내를 얻었구나 생각했네.

二九芳年窈窕娘。東家嫁與讀書郎。
世傳淸儉無餘術、思得賢妻似孟光。
(1996)

---

1 구륵구륵 징경이는
   황하 섬 속에 있고
   아리따운 아가씨는
   군자의 좋은 짝일세

   關關雎鳩。在河之洲。
   窈窕淑女、君子好逑。 -『시경』 주남 「관저(關雎)」

2.

연화봉 아래 글 좋아하는 마을
겨울 날씨 같지 않게 봄같이 따뜻했지.
우리 아버님 친히 혼인 자리에 오셔서
아들의 복 넘치게 해달라고 마음으로 비셨네.

蓮華峯下好文忖。冬日異常春氣溫。
吾父親臨行醮席、心祈兒福馨慈恩。
(1996)

4.

아이는 울고 아내는 베를 짜고 남편은 책을 읽으니
한 방에 세 목소리가 듣기에 기이하구나.
백년의 괴로움과 즐거움 모두 잊노라고
두 사람 귀밑머리가 올올이 희어졌네.

兒啼妻織夫書讀。一室三聲聽亦奇。
苦樂百年渾忘了、兩皆鬢髮白絲絲。
(1996)

---

2 후한(後漢) 때 양홍(梁鴻)의 아내가 뚱뚱하고 못생긴 데다, 얼굴까지도 검었
   다. 나이 서른이 될 때까지 짝을 찾기에 부모가 물었더니, "양홍만큼 어진
   사람을 구한다"고 하였다. 양홍이 그 소식을 듣고는 맹광에게 청혼하였다.
   맹광이 양홍에게 시집갔는데, 매우 화려한 옷에다 아름다운 장식을 하였다.
   그랬더니 이레가 되어도 양홍이 돌아보지 않았다. 맹광이 그제서야 나무비녀
   에다 베옷 차림으로 나왔더니, 양홍이 기뻐하면서 "이 사람이 참으로 양홍의

아내이다"라고 말하였다. 나중에 양홍과 함께 패릉산 속으로 은둔하여, 밭을 갈고 김을 매며 베를 짜서 입을 것과 먹을 것을 마련하였다.

이들은 부부 사이에 금실이 좋으면서도, 서로 공경하였다. 양홍이 남의 절구를 찧어 먹고 살았는데, 맹광이 밥상을 내오면서 남편을 감히 쳐다보지 못하였다. 밥상을 눈썹과 나란하게 들어올려 바쳤다. 중국 역사상 이상적인 부부로 손꼽힌다.

부록

금강산 기행시
東征篇

동해 외진 곳에 이 몸이 나서

산수의 사람 그리움이 하도 깊었으니,

거문고와 글로 이십 년에

그곳 찾은 발길이 몇 번이던가?

올해는 경진년이라

중양절 지난 열흘 만에

서울 떠나 칼 짚고

동쪽으로 향했건만,

소슬한 바람 아득히 먼데

갔다가 돌아올 길 그 어디메인고?

푸른 바다엔 신선이 산다는데

그 이름도 지달산,

흰 봉우리 일만 이천에

팔만 아홉 암자 또한 아름답도다.

◇ 금강산 기행시 「동정편(東征篇)」은 연민이 24세 되던 1940년에 금강산 일만
이천 봉 팔만 아홉 암자의 모습과 역사를 읊은 441운 588구의 대하시이다.
시 끝부분에 금강산 신령이 꿈속에 나타나 연민과 대화를 나누는 이야기가
나와서 더욱 기이하다. 당시 안동 일대에서 노사(老師) 숙유(宿儒)들이 높이
평가하였다. 연민의 벗 노촌(老村) 이구영(李九榮)이 이 시를 우리 글로 옮기
다가 중단되었는데, 연민이 50년 뒤인 1990년에 자신의 한시를 스스로 번역
하였다. 선생이 한 구절 한 구절 강술(講述)하면서 노촌의 딸 이종순에게 받아
쓰게 한 것이다. 연민의 번역시는 『열상고전연구』 제3집(1990)에 실려 있다.

삼라에 만상이 이곳에 모인 듯
진정 조물주에 점지함인가?
천축국 서쪽 먼 곳에서
이곳까지 오신 쉰셋 부처님.
쇠북소리 바다 끝에 머무는 듯
끝없는 하늘에 꽃비 되어 나리도다.
담무갈 그곳에
성인이 살아,
향기 높은 그 이름 아녀자도 칭송하고
나랏님도 경탄했네.
중국의 모든 선비
그를 보기 소원했네.
사후에 축복 있어 환생을 하거들랑
한반도에 살고지고.
진한(辰韓) 숲속에 이 몸이 살고
산은 예맥땅 깊은 곳에,
한 조각 구름 되어 꿈길로 십 년
꿈에서건 깨어서건 길이 통하네.
일찌기 이 산 밟아본 적 없어
이승에 알리기 어려웠건만,
전철 타고 나는 듯 달려왔으니
천릿길을 발걸음 딛지 않았네.
길손 세월 속절없이 흘러
찬서리에 해진 옷깃 여미며,
역마을 한 동이 술 하도 감미로와

유정한 노정을 노래하노라.

한밤에 궁예의 옛 도읍에 머무니

추연한 구름빛이 온 누리에 암울해라.

날아간 새처럼 영웅은 간데 없고

덧없는 세월만 한스럽구나.

차창으로 빗기는

산천 거리는 알 수 없고,

바람 탄 풍경소리 고요히 찾아들 때

청량한 아침 길에 단발령에 다달았네.

망월봉 흰 자태는

달 그림자를 띄었는 듯,

신선은 알겠지

노래하고 싶은 이 마음을.

여울소리 드높아

긴 바람 숲에 머물 제,

깎아지른 봉우리 옥인 듯 곱게 섰고

황홀경에 번듯 정신들어 나르는 듯 신선해라.

구르는 낙엽 깃털처럼 날으는데

어드메가 장안사던가.

만수정에 걷던 사람

문선교에서 다시 볼 제,

늘 푸른솔 참나무 바위틈에 운집했으니

그 속에 얽어맨 집이 장안사인가?

곱고 고운 선홍 단청에

햇빛이 스며들고,

대웅전 옛 기물엔

양각 음각 새겨 있어,

옛글의 지정을 음미하니

원(元) 황제를 일컬었네.

아득한 옛나라 인연에

기황후를 생각하니 그 일이 가련토다.

늙은 부처는 어찌하여

만복 은혜 누리는고?

그 까닭을 묻고 싶소.

속세에 지친 객들 절 문을 들고 나네.

절 앞에 희고 긴 돌

이 몸 편히 앉고서,

시리도록 맑은 물굽이에

폭포를 바라보며,

한 술 밥 그 또한 달디다네.

흐르는 물줄기 기묘한 오리바위

깎아놓은 산협이 문을 열고 드는 것 같도다.

뭇 바위 가운데 조용히 품어내려

명경대를 열었구나.

거울 위에 천길 푸르게 솟았고

맑은 못은 그 아래 감도는 듯,

선·악이 각각 근원이 다르거늘

거울같이 맑은 이 물빛엔 은혜로움도 원한도 또한 없도다.

혹여, 자비를 따르면

극락문이 밝게 열리고

다섯 가지 계율을 행치 못하면
칠흑 같은 지옥문이 있으리라.
사자봉은 금새라도 그 소리 나는 양하고,
염라봉은 지엄한 계율이 내리는 듯하도다.
업경대 남은 흔적
죄인의 무릎자국 선연하고,
석가봉 지장봉 마주 선 그 모습은
서로 돕는 기세로세.
이 뜻의 근원은 불가의 어느 종(宗)인가?
황당함에 놀라 간 곳을 모르노라.
차라리 종소리 되어
인간의 마음을 깨우침이 어떠할지.
생각을 멈추고 머리를 돌리니
못 밑에 그림자가 비취는구나.
이끼 낀 성터에 신라 고적 완연하고
영원암 깊고도 그윽한 곳에,
안양암 감돌아
삼일암 수려함에 경탄했도다.
풍성한 명운추 물길은
어디메서 달려왔나?
흰 돌 정갈함이 앉기를 권하나
아쉬움 떨치며 지나감이 한이로세.
한오리 벼랑길을[1] 재촉하는 길손에
단애한 산봉이 떨어질 듯 위태롭고,
영선교에 눈을 드니

바위 모습 부처인양 자비로워라.

하늘이 맑게 개니

세 분 불상 그림에 나타나듯 돋보이네.

길 옆에 선 비석 글씨

세 분 대사 업적이 새삼 빛나고,

천고의 대자비로 정의로움 자비심이

청허대사 그 이름 천고에 높으도다.

탑 쌓아 칭송치 않아도

그 명성 길이 빛날진저.

솔 바람 맑은 소리에

허백·편양 두 대사 두 손 모아 합장하듯,

한낮에 표훈사는 고즈넉이 한가롭고,

깊고 깊은 칠성전에

명월암 풍경소리 그 또한 고요해라.

국화 향기 그윽한데

맑은 샘은 전각을 휘몰아 들도다.

쑥절로 오르는 길

등나무를 휘어잡고 사잇길로 빠져드니,

나뭇가지는 옷깃을 잡고

한 줄기 폭포는 나의 이마 위로 지나치네.

만산을 굽어보며

정양사는 드높고 한가롭도다.

---

1 우리나라 사람들이 낭떠러지 길을 벼랑[遷]이라고 한다. (원주)

천일대에서 눈을 뜨고
홀성루에 이르니,
스님의 말씀 따라 이곳의 모든 경치
한눈에 들어오네.
심신이 더없이 맑아지는데
산협에 오색구름 변화가 무쌍해서,
마치도 하늘에서 꽃잎이 나르는 듯
숨은 듯이 나타나고,
새 절경에 정신은 아득하네.
하늘엔 오색 촛불 휘황한 듯
신선함은 빛나는 옥과 같은데,
실로 아름다움 형용키 어렵고
그 모습 잡기가 더욱 어렵거늘,
한 줄기 숲 바람이 무정하게 불어라.
산길을 내려와
만폭동 가을빛을 구경하는데,
한줄기 폭포는 청룡이 춤추고
또 한줄기 폭포는 흑룡인 듯 울도다.
큰 배가 기우는 양
거대한 거북이 엎드린 듯하다가도,
황금빛 푸르게 번쩍이는 유리같기도
한 폭포의 형형색색 경이롭도다.
화룡담 웅장하기 그지없고.
벽하담은 묘한 듯 수려하구나.
흩어지는 물보라는 분설담 되고

소리날 때 그곳은 비파담이 되었구나.

떨어질 때 모습이 호리병이며

부서질 땐 그 모습 진주담이네.

시원한 폭포 소리

그 또한 각각이고,

험상한 바위 위엔 떨어져 부서지는

그 모습이 무쌍해라.

쉼 없이 떨어져 부서지는 장관이란

때론 적막한 듯 우렁찬 시운이고,

맑은 듯 애절하게 오열하는 훈시와도 같으며,

피리와 단소 되어 서로 부르고 화답하는 듯도 하여라.

소악과 호악은 스스로 묻고 답하는데,

옛사람 여울에 흥취 좋아했듯이

나 또한 물놀이 즐기고자 하네.

흐름에 있어 모든 티끌을 풀고

너울너울 유희하는 형형의 물무늬를 희롱하도다.

내가 노래하면 그대는 눈물져 울 것이요,

내 취해서 그대의 어깨를 안으리.

좋을시고, 물속에 그 사람이여!

청량한 기쁨을 나만이 즐기노라.

내 모습 그림자는 변함없는

분명 네가 나로세.

예전에 일백 동파라 했거늘

그것을 예와 비교하면 아이인듯 싶으이.

봉우리 높아 솔잎 이슬 싸늘해

깃든 학의 꿈은 자주 깨도다.

그 학 도사 되어

나를 향해 긴 목을 늘이고서

금강구름 맞이할 제,

산수경치 만족치 않느냐고 물어오네

이리도 자유분망함은 진정 큰 기쁨이요.

높은 문장은 뜻을 불후하기가 싫노라.

양봉래가 성기고 미친 듯한 것이

병이 아닌 줄 이제 알겠네.

비낀 햇살에 한 잔 술을 기운 뒤

분연히 붓을 드네.

여덟 글자 용과 호랑이 싸우는 듯해서

만학에 잡귀들은 이에 놀라와,

천추에 높은 기운이

묏부리 기세와 견주는 듯하도다.

백운이 산 허리에 감긴 그 모습

하늘에서 떨어져,

벼랑에 걸린 표주박 같은 보덕암은

흡사 바람에 흔들릴 듯 위태롭게 자리하고

금방이라도 엎어지듯 가파른 곳에

발길을 살펴 층계를 오르니

풍우에 시달려 삭아진 쇠사슬

세월을 얘기하네.

구리쇠 기둥으로 몸체를 의지한 채

벽에 걸린 쇠사슬 붙잡고 넘기 진정 어려워라.

굽어서 쌍봉(대향로봉, 소향로봉)을 보니
향로에 연기가 피어나듯,
그 이름 향로봉
굴 안에 정좌한 금불상,
아득한 그 세월 천 년을 침묵한 채
영혼도 꿈도 가늠키 어렵거늘,
어찌 높다고 감히 이르랴.
하물며 이 몸 곡식을 먹는 사람일지대
일찌기 신선 비술 배우지 못했어라.
바위 모서리에 찬바람 부니
소슬한 한기에 머물기 어렵구나.
마하연 폭포수엔
산허리 단풍이 불타듯 낭자하고
석양 또한 산기슭을 불사르네.
울긋불긋 참으로 찬란도 해라.
비단 병풍을 두른 듯하고
산 봉우리엔 붉은 선녀 날개옷과
오색치마 차려입고
붉은 휘장 바람결에 헤치고 나와
이슬 섞어 연지로 단장한 모습이여라.
마치도 서왕모의 구름수레 요지로 내리는양,
하늘엔 풍악소리 드높은데
너울너울 자하주 술잔을 들었노라.
영추노인 찬란한 칠보장에 단장을 한 듯하고,
심안이 황홀해서 바위길을 소요하네.

백운대 구름이 넘나들고
만희암엔 스님 홀로 있는데,
보배롭고 기이한 묘길상
현란한 그 광채가 깊고도 그윽할사,
이게 푸른 그 흔적
해를 가늠할 길 없는데
마음은 상쾌하고 평화롭도다.
홀연히 팔 폭 병풍 열리는 듯
미인이 나오누나.
그 속엔 진괘, 감괘를 가졌으니
그 묘리 누굴 위한 표현일까?
오솔길을 접어드니
유점사로 가는 길,
땅은 험해 갈 길도 어려운데
서산에 해마저 저물까?
법회는 과하고 거짓이거늘
일 좋아하는 뭇 사람의 말이기에,
진과 실을 헤아리기 어려워라.
안개 바람 변화가 무쌍하고
세속에 전한 말 수차례 변했노라.
가히, 그곳에 이르는 길
한 걸음에 어려우니 머물렀다가
후일에 다시 가자고 다짐을 하네.
쓸쓸한 사선교엔 인가가 두어 채
사자 형상 그 모습이 그 어찌 흉악해서

뭇 짐승 그 위용에 놀라지나 않을까?

위태한 바위 무너질까 두려워

발길을 조심 절벽을 내려왔네.

이 산속에 비범한 짐승 깃들고

그 발자취 수레바퀴처럼 넓고 커서,

모든 사람들도 의아해 한다네.

드높은 가파른 길 나는 탄식하노라.

금사다리 천 길 되고

은사다리 구름 위에 솟았도다.

절정에 내 발길 이르니

비로봉 제일봉에 이 몸이 올랐구나.

바다, 하늘 구만 리에 한 송이 흰 부용

이곳이 내금강·외금강의 경계라,

스님이 나를 향해 설명을 하네.

단숨에 바다 기운 내 몸에 들어오고

만산이 내 앞에 달려와 절을 하도다.

내산은 암벽이요.

외산은 흙으로 덮였구나.

그 오랜 만년설이

산 머리에 사철 쌓였는데

신룡은 그 곁에 엎드려 있고

갑자기 찬바람 몰려오는데

어느 누가 감히 야유를 하는고?

구름은 삽시에 햇빛을 가리고

우거진 숲엔 빗소리 요란한데,

노닐던 사람들이

그 소리에 놀라는구나.

용마장을 찾아서

마의태자 능 아래 머물도다.

우리들은 그날 밤 추위를 느껴

초연히 앉아 명산 글귀를 노래했네.

빗소리, 사면 벽에 스산하고

붉은 촛불 심지 칼끝으로 다듬으니

천 리 밖 고향길이 꿈길에도 어려워라.

베개 위 두 손 모아

내일 아침 청명을 기원했는데

환한 빛 새벽창에 비쳐올 때

하늘에 별빛 찾아 기뻐했노라.

비의 심술을 허물치 마라.

아마도 산신은 나를 꺼리지 않으리.

두 번째 비로봉 정상에 오르니

이슬은 단풍잎에 흐뭇히 내리고,

눈을 들어 하늘가를 바라보며

해돋이의 장관을 보려 하네.

곱디고운 구름머리에 둥근 그 자태

온 몸을 솟구쳐 씻은 듯 나오는데,

신선의 은혜됨이 넉넉지 못해

구리징의 그 형태를 보지 못했네.

하느님이 비밀스레 아끼는 듯

무한한 극치를 이 몸 위해 베풀지 않는 듯하네.

운무는 하늘 끝에 아득하고
바람은 파도 되어 우주를 뒤엎는 듯,
미수(허목)가 드높게 읊조리던 곳
의연한 그 바다가 끝이 없구나.
내 사념은 시로 되어
남은 운이 스스로 나부끼도다.
옛 사람 호통하고 높은 기상에
지금 우리들은 도리어 소슬하누나.
벼랑에 잠시 지팡이를 멈추고서
신선을 어디에서 찾아볼거나,
영랑정은 은은히 눈에 보이고
노래와 옥저 소리 따라 들리네.
구 천 폭 기세는 우뢰 되어 장하고
흘러 넘쳐 수십 구비를 구비치도다.
구비구비 아름다운 경계를 펼쳤고
내 발길 두루 미치지 못함을 애석해 하네.
빗줄기 쉼 없이 나 또한 쉴 수 없어
급히 구담곡을 향하여
장쾌한 폭포를 구경하네.
뭇 바람은 처음으로 물소리를 울리고
나르는 눈발인양 골짜기에 뿌리는데,
고목은 흡사 사람이 선 듯하고
물에 잠긴 바윗돌 징검다리 될 수 없네.
잔나비와 새들은 안식처를 찾아 헤매고
이 몸은 비사문 쪽으로 황급히 내려가니,

평탄한 곳 찾아들면 수월하지만
험한 곳 지나야만 기이한 그곳이 구경이라네.
바위 골짜기 쇠사다리에
이 몸을 의지하고,
염예(중국호수)도 지난 뒤 수월하고
태행산도 넘기 전에 어려운 것을.
폭포의 흰 줄기와, 계곡의 울림소리
거대한 웅자를 그곳에서 찾았네.
장하고도 놀라워라,
구룡연이 별안간 지축을 방아찧네.
처음엔 흰 구름 끝에서
기세를 가다듬는 듯하다가도
맹렬히 전진할 뜻에 맡기듯
험난한 그곳엔 그 뜻 또한 사납도다.
서리 서리 내리쏟아
땅에는 이르지 않고
나의 마음 모두를 사로잡는데,
내리쳐 떨어지는 곳 돌도 감당키 어려워
깊은 웅덩이를 만들었네.
부서진 포말은 거슬러 용솟음쳐
큰 줄기와 합치니,
손뼉치며 이를 크게 놀라와 했네.
세파에 모든 근심
한시에 씻어 내리고,
폭포 또한 만고를 쉼 없이 흘렀으련만

이 몸 지금 처음으로 그것을 보네.
참 근원을 더듬어 찾으려 하니
흥취를 다시금 부추기도다.
위태한 사닥다리 줄곧 하늘을 찌르고,
구비구비 그 모습 사람으로 하여금 걱정을 안겨주네.
어찌 사력을 다해
나의 번뇌를 씻지 않으리?
곧 천 길이나 될 푸른 소를 임해
여덟 용의 은신처를 내려다보네.
어인 일로 그들은 미동도 없이
해가 다하도록 스스로 적막할까?
원컨대 인간의 비가 되어
달가운 것을 사해에 널리 보급하라.
산협에 나가니 홀연히 자취 감춰
그 변화 그 누가 주장할꼬?
가만히 귀 기울이니 협문으로 쏟아져
일만 우뢰가 소리쳐 울도다.
쉼없이 물 떨어져 내리는 곳에
아홉 용이 형제와 같고,
이름난 갈피에 내 뜻 점점 얽매어져
작은 경치도 놓치기가 아쉬워라.
수렴폭포는 만폭에 비겨
기이함과 아름다움 조금도 손색없고,
무룡폭은 물과 구름 다투듯하고
비룡폭에는 포말이 뿌리도다.

연주담은 구슬빛 찬란하고
옥류동은 검푸른데,
양지산은 멈칫거리고
금강문은 어둡도다.
오선의 이름으로 대를 쌓아
봉은 세존처럼 높고,
신계사는 그늘을 드리우고
제와 요는 옥을 깎아 놓은 듯이 줄을 서 있네.
문필봉 빼어남이 사랑스러워
아울러 극락암을 찾아드니,
밤 되어 온정리에 묵을 때에
뜨거운 샘이 그 곁에 솟는구나.
세상 사람들 말하길
그 물에 목욕하면 만병이 치유된다네.
불과 물이 다르니
얼음과 눈이 녹아 사라지고,
맑은 아침 관음암을 찾아드니
바위와 폭포에 햇빛이 눈부시네.
수정폭은 한 구비 밝고
문주폭은 해맑아 투명하구나.
육화석 모나 예리하고
만상계는 맑은 물이 넘쳐나누나.
멀리 만물상을 바라보니
채색 구름 사이로 그 모습 보이네.
황홀한 신선이 살고 있는 듯

눈앞이 영롱해 몽롱하고,

세간에 만물 이름

하나하나 평하기 어려워라.

이 땅에 산과 폭포.

하늘에 해와 달같이

속세에 별처럼 나열되었고,

만 가지 형태 제각각 달라

기이하고 보배로움이 한자리에 모였네.

음, 양이 어우러져 요철이 아함하니

혹은 꽃이 아름답고 풀이 나부끼듯

혹은 고운 햇빛 웅장한 채색

미미한 노을 가벼운 그늘 같고

무사의 갓에 서리 같아라.

또는 학사의 책상자를 나귀 등에 진 듯하고

차고 조촐한 것은 옥을 쪼는 듯하고,

파괴된 것은 주렴을 체념한 듯

모든 꽃이 함께 웃는 부처와 같아라.

수많은 대창에 높게 단 돛대와 같고

슬픈 것은 봄 두견 우는 것 같고,

맑은 것은 백구가 날 듯

가까이 하면 발랄하고 멀리 바라보면 눈앞이 현란해서

그 끝을 측량키 어려워라

천선대는 신선이 놀던 곳

선녀가 화장하던 곳이요,

삼선암은 맑고 고운 것이 그윽하고

귀면암은 귀신이 놀라 우는 것 같네.

산엔 해가 어느덧 중천에 떠서

느지막에 삼일포에 다달으니

주변 십여 리에 서른 여섯 봉 무리져 있고

남쪽 봉엔 키작은 돌이 숨겨져 있는데

미륵불에 향이 묻었든 곳이라 하네.

서쪽 벼랑엔 붉은 글씨

"남석"이란 글자 오종종하고

네 신선(화랑, 국선) 맞이하지 못하니

안개 낀 물결이 어찌 내 마음 달랠 길 있으랴?

머리를 긁으며 한길로 나아가니

바닷빛이 고성에 뜨도다.

어촌엔 사람과 연기 서로 어우러졌고,

양어장 또한 오밀조밀하구나.

동쪽엔 해금강 있어

그 물빛 하늘에 맞닿았고,

만이천 봉 그 그림자

바닷물에 잠겼네.

비낀 석양은 새우 등에 비추고

파도 소리 조석으로 요동치네.

올망졸망 그 모습이

서로 어울려 바라보는 시야가 아득하여라.

적벽산에 달 뜨고 영랑호에 바람 차라.

시 읊고 돌아드니

흥취 또한 살아나고,

푸른 주기 나부끼니

술 생각 간절해라.

붉은 해가 떠오르니 꿈은 사라지네.

기적 소리 들리는데 하늘가 파도 보니

철마는 조각배보다 빠르구나.

흰 모래 눈처럼 날리고

뭇 성들이 다투듯이 달려오도다.

총석정은 왜 그리도 높으고?

긴 멧부리 말처럼 바다로 들어오고,

거친 파도 밤낮으로

산자락을 물어 뜯네.

그러나 모난 것은 오히려 날카롭네.

옛 협곡현은

꽃나무 사방에 흩어졌어라.

우리 조상님 일찌기

이곳 원이 되셨으니[2]

어린 손자 그 느낌을 진정키 어려워라.

이름난 절 서광사를 찾아드니

눈덮인 봉우리엔 맑은 서리 어울렸고,

구름 속에 종소리 누각 뜰에 메아리치네.

월병과 석장은 서편 회랑에 열 지어 섰고

일천 손가락인 듯 사람들 공양간에 붐비네.

---

2 나의 8대조 휘 수겸(守謙) 공께서 일찍이 이곳의 현령(縣令)이 되셨다. (원주)

천단향 한 개비를 불태워 놓았네.
약수는 바위틈에 스며나고
한 주먹 물은 술과 같이 상쾌해라.
구비 돌아 산문을 나와
긴 노래로 신선을 하직했네.
총총히 돌아서는 길손을 따라
지팡이와 발길 또한 바쁘네.
달려와 운종가에 이르니
밤은 깊어 적막한데,
백악산 아래 누우니
서재 또한 승방같이 고요만하네.
샘물 소리 골방울 울리고
하이얀 달빛 나의 책상을 엿보네.
황홀 중에 신선 되어 꿈을 꾸니
구름 속에 북소리 들려오네.
미친 노승 스스로 자처하길
금강산 신선이라 말을 하네
"그대가 금강산에 들었을 때
구름과 숲이 더 한층 맑고 아름다움을 더했는데
어이해 나왔는고?
물은 조롱하고 산은 다시금 침울한데,
아! 소년서생이 세간에 악빈일세.
예전 그대가 빈 마루에 앉아 하는 말이
곧 문장이 되었는데.
이곳 신선 되었으면 많은 시작(詩作)했을 텐데

이미 그대가 신선 아니던가."
홀연히 입을 닫아 침묵을 하니
경치에 혼미해 맹인이 길을 가고
육신만 가고 있네.
"원컨대, 그대 망설이지 말고
장한 정신 한데 모아 긴 강과 같은 문장을 쓴다면
아름다운 경치 다시 살아나리라."
이 몸이 부끄럽고 민망해 입을 열었네.
"그대는 생각이 적어
어리석은 나와 승강이를 하는구려.
이 몸은 문장이 미흡하여
사물을 표현키 어렵고,
글공부 긴 세월에 기개를 펴지 못해
큰 도시를 선망했네.
구름과 노을 스스로 멀어졌건만
생각만은 아직도 그곳에 머문다오.
감사하노니, 그대가 홍진에 매여 있는 이 몸을 갸륵히 여겨
천선관을 소개해서
기구를 이용해 바람을 타고 아득한 우주를 거침없이 날아
절경을 나만이 즐길 수 있었다네.
경치와 나의 영혼 일치가 되었으니
이것을 옛 사람 천유라 했다네."
영혼은 방랑하고 깊은 곳 이르러도
길은 막힘이 없네.
험한 곳 지날 땐 힘 더욱 솟아나고

물결은 끊임없어,

우거진 숲바람소리 쉬임 없고,

이제껏 내 본 것은 한줌 흙과 같고

한 줄기 물처럼 볼품없었네.

즐거움 끝없어 형용할 길 없어라.

오묘한 곳에 이름을 빠짐없이 설명하네.

소용되지 않음에 현혹되지 않고

신비함을 좇지만 허황한 경지엔 이르지 않으리.

모든 것을 흡족히 소유한 듯 돌아와

마음 깊이 가다듬으니,

학문에 경지 함께 높고 넓어지네.

어찌 산과 물이 높고 깊을 뿐이리요?

한낱 정신을 소비하여 글월에만 구속을 받을 건가?

나는 좀스럽고 용렬한 스님들을 미워하노라.

자연을 살펴보니,

시내와 폭포는 신선 얘기 가득하고

봉우리 이름은 불경에 기인하니

나는 속된 선비 이름 미워하노라.

바위와 돌에 그들 이름 새겨 있고

글과 시는 전하는 게 다행인 듯하지만,

아름다운 자연을 너무도 오손시켜

그 누가 이 더러움을 씻어줄까?

네가 이 뜻 지켜 게을리하지 말길.

밝은 마음으로 진정한 뜻으로

글월 지어 한 수를 읊노라.

하늘엔 도솔천 제일이라 하지만

나는 일찍 본 일이 없노라.

사람들 모두 신선이 아름답다 하나

그 무슨 대단할까?

금강산 두루 보니

석 달 동안 고기 맛을 잃었노라.

저 금강산 스스로 기이한데,

이 몸은 스스로 그 모두를 이루어야 한다네.

東征篇(凡四百四十一韻 五百八十八句)

我生滄海僻。大有山水癖。琴書二百年、幾多天放跡? 歲惟庚
辰吉。重陽後十日。時自洌水上、尺劍向東出。秋風向河關。
奚往復奚還? 海上有仙居、名曰怛怛山。萬二千峯皓。八萬九
菴好。森然萬象侈、眞是造物造。五十三佛奚? 遠自天竺西。
鐵鍾海不沈、法天花雨迷。亦有曇無竭。望人來住說。佳名誦
婦孺, 帝雄歎竊竊。何有一見之? 中士謾自噎。珍重後身祝、
庶幾生高麗。我居辰韓叢。山立濊貊穹。十載一片雲、長與夢
寐通。玆山未曾蹈。難爲此生報。電鐵又如飛、千里無脛到。
逆旅歲月遒。寒霜捲弊裘。驛亭一尊酒、慷慨歌遠遊。夜泊弓
裔都。愁雨黯平蕪。英雄如過鳥、往事堪一吁。車窓目屢騖。
不覺山迤永。風鐸靜無聲、淸晨斷髮嶺。望月全身啓。遙帶月
影來。仙山知不遠、詩想已敲推。潤聲揚漸凸。長風逗涼樾。
層峯削玉立、神思忽飛越。落葉委如翅。何處長安寺? 萬水亭
前人、問仙橋上値。松杉補嵌寶。中閒有結構。金碧淨玻璃、
日光來穿漏。殿中古銅器。鬱律有款識。文字證至正、元帝所
捨施。滄茫故國緣。奇后事堪憐。老佛是何福、報餉夥且專?
此因究難遽。寺門客自去。欲漱煙火口、白石長箕踞。臨淸開

150

飯鉢。攤匙弄濺沫。崎嶇過鴨巖剗、峽排如闉。秘瀉千巖臍。開此明鏡臺。鏡面碧千尋、澄潭下徘徊。善惡各殊根。此鏡無怨恩。若順慈悲義、極樂啓無垠。五戒乘不牽。地獄黑如漆。一聲獅子吼、閻羅始行律。業鏡痕如許。罪人着膝處。釋迦與地藏、儼若氣勢助。此義出何宗?荒唐無可從。猶或悚動人、可作警心鍾。言罷回首猛。行行潭底影。荒城傳羅蹟、靈源幽且艷。安養走迤迤。兼管三日美。颯颯鳴韻湫、袞袞來幾里?素石淨可坐。 有意恨未果。忙度一綿遷、(我人呼厓路爲遷。)還慟前峯墮。迎仙橋上晒。佛光生巖面。又是一洞天、三佛相顧眷。立立路傍螭。煌煌三大師。太息清虛子、千古大慈悲。振義昔一呼。高名泛緇徒。不待浮屠物、已作不壞軀。松韻清可挹。二師(虛白・鞭羊。)如拜揖。午日表訓寺、間隨白衲入。潭潭七聖居。明月靜鍾魚。寒花香度水、清泉遶閣虛。鳥途寺背搶。手拂蒼藤上。鹿角鉤客衣、天紳過我顙。正陽寺絕幽。駕出萬山頭。騁眸天一臺、清神歇惺樓。僧道內山景。乘此一塱領。天花紛似委、譎雲忞變逞。俄時所未進。一一來奮迅。雖爲經見者、到此愈神駿。奇錯天衢燭。皎潔新琢玉。欲辨情叟失、林風但續續。不如下山游。一攬萬瀑秋。一瀑靑龍舞、一瀑黑龍啾。一瀑船似皷。一瀑伏穹龜。一瀑黃琉璃、一瀑靑琉璃。火龍雄堪誇。奇麗遜碧霞。枞而爲噴雪。響而成琵琶。懸而作胡盧。迸落如眞珠。泠泠又一瀑, 千瀑響叟殊。齟齬碨巖石。忽與水相逆。激齧盡其變、氣機不暫釋。蕭瑟泓崢韻。清悲幽咽訓。笙簫頻唱和、韶濩自答問。古人水樂爲。我欲成水嬉。臨流解塵纓、婆娑弄漣漪。我歌君能哭。我醉君肩撲。樂哉水中人、清懽媚我獨。形影無磷朓。分明爾是我。昔稱百東坡、兒戲眞瑣瑣。峯高松露冷。棲鶴夢頻警。化爲癯道士、向我延長頸。揖余金剛墅。茲遊無已樂?恣放堪笑殺、文章易落魄。吾知陽應聘。疎狂非爲病。斜陽一尊後、奮然泚筆勁。八字龍虎幷。萬壑魑魅驚。千秋崢嶸氣、上與岳勢爭。普德何飄搖?斜掛白雲腰。疑從天上墮、巧黏如莖瓢。躐級宜擇發。顛

沛在倏忽。鐵索縱牽連、踏之尚窸窣。銅柱撐尻虎。掛壁敢摩
顛？俯看雙峯(大香爐峯，小香爐峯。)霧、供作香爐煙。窟中數
金頰。寥寥看千葉。小小敢稱尊？魂夢難穩帖。況我百穀腸。
曾未學仙方。凜然不少留、巖楞風振罳。摩訶衍一幅。勢占萬
山腹。楓樹蒸欲燃、夕陽燒山麓。紫黃氣正昌。縝縝錦步障。
峰頭絳仙女、羽衣又霓裳。因風啓丹帷、鍊露拭臙脂。正如西
王母、雲車下瑤池。又如勻樂張。仙仙弄霞觴。又如靈鷲老、
粲粲七寶妝。心眼恍如凝。散策轉嶒曾。白雲臺上雲、萬灰菴
裏僧。瑰奇妙吉詳。寶光深深藏。苔痕不知歲、精神較慧莊。
突如八幅屏。美人出娉婷。手持震坎象、妙埋爲誰形？逼仄一
逕遇。云走榆岾路。地僻行且艱、況時西崦暮？法喜夸且謾。
好事迷眞贋。煙風生九疑，俗傳屢遷幻。可到非一蹴。留作後
日目。搖落四仙橋、數架山人屋。立獅(峽)何惡劣？百獸皆震
裂。徐徐步絶磴、罅尖恐或缺。我聞此山裏。有獸非凡類。跡比
車輪廣、博物竊相議。飛道昂頭看。嘻戲發一歖。金梯一千
丈、銀梯聳雲端。絶頂響吾跫。毗盧第一峯。海天九萬里、一
朵玉芙蓉。山僧爲我介。內外山之界。呼吸通瀛氣、萬山來趨
拜。內山石而矗。外山土爲肉。山頭太古雪、四時同停蓄。神
龍伏其側。雲雨在頃刻。此言尚未究，寒風來惻惻。何物敢揄
揶？雲瀰逃日車。蕭蕭千林雨、惹起游人嗟。龍馬莊上赴。麻
衣陵下駐。吾人此夜寒，悄然名山句。冷鍔剔紅燈。雨聲四壁
騰。千里家鄉夢、悠悠若爲憑？夜枕供千手。明朝好開牖。喜
色動晨窗、仰看星斗久。莫道雨作魔。山靈無我詑。再登毗盧
頂、楓露下滂沱。天涯窮一矚。擬看扶桑燠。艶艶雲頭餅、翻
身擎出浴。仙緣恨無贏。未睹掛銅鉦。天翁爲吾惜、至理無盡
呈。雲煙香天田。風濤蕩八埏。耆翁高吟處、依然海無邊。襟
懷尚可述。餘韻自飄逸。古人眞牢落、今人翻蕭瑟。神仙安所
倣？巖厓暫駐杖。隱隱永郎岾、猶聞歌笙響。九天瀑流足。激
爲數十曲。曲曲成佳境、慨未遍我躅。雨脚知不定。未肯開我
脛。急向九潭曲、快攬瀧瀑勝。萬籟初鳴淙。飛雪灑空笻。古

木疑人立、浮石忽斷矼。猿鳥愁攀援。飛下毗沙門。財穿石穴身、都付鐵梯魂。蹣坦雖盤安。跨險得奇觀。灩預渡後易、太行過前難。虛白驚山谷。仰見一大瀑。壯哉九龍淵、忽地看大陸。初從白雲裔。經營作氣勢。能存勇往志、當險意彌厲。盤盤地未撞。已令我心降。迸處石無耐、穿作深沈缸。餘沫倒吹浮。還欲助源流。拍手大叫奇、屑屑散塵愁。瀑流已萬古。今我僅一觀。逝欲探眞源、神思叟自鼓。危梯直天搗。紆曲令人老。何不出死力、勘淸我懊惱？乃臨千尋碧。俯瞰八龍宅。是何蜿蜒物。終歲自寂寞？願作人閒雨。甘注四海普。出峽忽無跡、變化誰爲主？暗聞峽門傾。彷佛萬雷轟。方悟輪瀉處、九龍同弟兄。名區意漸縱。不欲遺尺寸。水簾擬萬瀑、奇勝未多遜。水雲舞龍閾。濺沫飛鳳弄。灼鑠聯珠潭、紺潔玉流洞。仰止曲蹲蹲。金剛門昏昏。臺因五仙名、峯爲世尊尊。神溪寺陰陰。齋寮列球琳。爲愛文筆秀、兼來極樂尋。夜宿溫井坊。湯泉涌其傍。世人云此水、一沐已千瘡。火水急相烘。氷雪皆銷融。淸朝訪觀音、巖瀑上瞳瞳。水昌明一窟。文珠淨無瑕。六花石瘦稜、萬相溪淸波。萬物相遙瞻。露出采雲纖。怳忽靈仙窟、看看眼花黏。世閒萬物名。無難一一評。地有山泉象、天有日月精。人文星而羅。萬形各殊科。怪瑰所湊萃、二氣所瀅摩。或凸凹呀含。或阿那藍鬖。或麗暉鉅采、或微靄輕曇。霜捲武夫笠。驢載學士笈。寒潔如斲玉、破壞如絶粒。萬花齊笑梵。千篷高揭帆。哀而春鵑哭、淨若渚鷗泛。驟視則潑剌。遠望者眩奪。莫測其端倪、不可以包括。天仙游歷㘚。天女化妝壺。三仙憙淸婉、鬼面驚啼呱。出山日亭于。晚泊三日浦。周遭十里餘、三十六峯聚。南峯短石秘。彌勒埋香地。西崖訪丹書、龍鍾南石字。四仙不可迎。煙波若爲情？搔首出大道、海色泛高城。蛋戶人煙接。魚滬叟稠疊。東立金剛海、與天同黏貼。萬二千峯積。蘸倒滄波夕。斜陽生鰲背，濤聲捲朝汐。晶皛千象紆。看到眼糢糊。月出赤壁山。風寒永郎湖。吟歸與叟添。酒渴動靑帘。夢罷紅日邊、汽笛一聲尖。縱目天際濤。鐵馬疾於舠。白沙如雪滾、羣鳥爭馳豪。叢石亭何嵬？長巒斗入海。狂浪日夜囓，廉稜尙魂磊。曠古歠谷縣。花木四山遍。吾祖(八代祖考諱守謙公，嘗爲縣令。)曾作宰、屛孫惑不奠。雪峯凝淸霜。名刹訪釋王。雲鍾泛疎樓，瓶錫列西廂。千指立供廚。栴檀香一株。藥泉瀉巖趾，掬之味如酟。池池出山屌。長歌謝岳靈。忽忽歸去客、筇屐無多停。馳入雲從街。夜闌休百哇。掀臥白岳下、一室如禪齋。泉流噈洞房。皎月窺我床。怳然遊仙夢、雲皷撾瑞琅。有一狂老禪。自道金剛仙。昔君入出日、雲林增淸姸。出山遽奚循？水嘲山夏嘲。咄少年書生! 世間一惡賓。昔君坐空堂。發言爲文章。若得仙山遊、紛盈萬奚囊。仙山子旣有。忽學緘金口。空然景物役、盲行夏肉走。願君莫逡巡。召募壯精神。一瀉長江篇，雲物夏回新。余不勝恧怩。久而乃理辭。子太不思量、訊我一狂癡。旣乏狀物才。文字拙莫裁。弊弊蟲魚業、歲月儘悠哉。局促今如此。眷戀在朝市。雲霞自綿邈、夢想猶密邇。感君憐塵絆。介我天仙館。臨風駕氣毬，翩翩游汗漫。攬得形勝最。屢如神境會。是維曰天游, 放浪形骸外。窮源道不梗。歷險氣彌穎。萬川無波停, 千林無枝靜。平生歷見以。土堆涓流耳。樂之旣無窮、感慨自不已。耽說奧妙瑢。不爲玄虛磷。尙好琦瑰歟？不與荒誕隣。充然有所假。浩然歸來者。驗之胸次閒，豈獨高深也？何須費神思。奴隷於文詞？我惡庸僧輩、自然敢壞離。溪瀑賴仙傳。峯名皆佛詮。我惡俗士名、譽巖厄石鑴。詩詞傳誦富。醜然萬瘡瘤。誰能爲我謨、滌此大陳陋？爾當守此諦。呵護毋或替。淸心發眞義、題此數句偈。天以兜率檀。吾夢未曾見。人曰神仙美、神仙奚足羨？金剛吾目悉。三月肉味失。彼自物奇耳、吾然能事畢。

(1940)

淵淵夜思齋文藁

17　牧笛

18　貓騰棗樹

19　夢仲弟春初國源得句足成

21　中秋夕與雪如訪樂村

23　東都篇十六首·芬皇寺

24　山康惠以長蘇七律集一冊仍集句爲一絶謝呈

24　暮陵臺

26　七月旣望夜陽田翁莊大風雨有賦二絶

28　詹園鄭翁寅普嘗以一絶題我蕪藁次韻謝呈二絶

30　方啓礎應謨六十一歲壽詩三絶

35　與郭龍岡鍾于鄭友蓮友鉉訪安養菴

36　卞春岡鍾憲輓辭

38　與友蓮再訪松壽館

39　聽弄兒歌有感

40　題吳空超相淳靑銅詩卷

42　次心山金翁三絶

44　贈銀珠二絶

46　束心山金翁

49　趙維石炳玉輓詞三節

50　哀哀觥觥

53　心山金翁九月十日朝鮮日報紙所載李承晚銅像歌次韻

55　憶獅子吼

57　菖蒲古石二絕

59　趙陶南潤濟博士六十一歲壽詩

61　家大人寄兒詩敬次

63　學位記　六絕

淵民之文

67　有所思十絕

70　崔孤松鉉培博士輓聯

71　思母哀八絕

72　題小箋子贈內孫悊曜晉台

73　昌南生喜賦二絕

通古堂集

77　哭陸女士英修二絕

78　南至月初二日爲次女慧郎燕爾之辰淸朝喜鵲來報溪坡翁以
　　一絕志喜謹次

79　再訪金阮堂古宅志感

81　搜勝臺

貞盒文存

85　夢亡妻柳淑曜命永二絕

86　聞朴大統領正熙被殺二絕

88　將離波士頓有感

90　羅思倍加思夜景

91　布哇

92　許君捲洙聞余停年退任於延世學園以詩來步其韻却寄

94　自漢堡經東獨

95　西伯林二絕

96　將離巴里

98　擬判茶酒優劣論二絕

遊燕堂集

101　洌上古典研究會諸友會講于春川之江原大學校兼以探訪諸勝

103　和陶淵明飲酒二十首

106　八月十一日丁亥卽夏曆七月六日也竟丑一時大雷雨起而　明燭志感

108　記夢二絶

110　環載亦有是作不能無和二絶

112　瓶中挿菊

113　李秀才韓烈輓歌三絶

115　奈若何三絶

萬花齊笑集

119　七月八日朝鮮人民共和國主席金日成逝去聯吟三絶

120　朝鮮文學史藁成自志所感三絶

122　回甴之夕感吟六絶

127　東征篇

허경진

1952년 피난지 목포 양동에서 태어났다. 연민선생이 문천(文泉)이라는 호를 지어 주셨다. 1974년 연세대 국문과를 졸업하면서 시 〈요나서〉로 연세문화상을 받았다. 1989년에 연세대 대학원에서 연민선생의 지도를 받아『허균 시 연구』로 문학박사학위를 받고, 목원대 국어교육과를 거쳐 연세대 국문과 교수로 재직중이다. 열상고전연구회 회장, 서울시 문화재위원 등으로 활동하고 있다.
『허난설헌시집』,『허균 시선』을 비롯한 한국의 한시 총서 50권,『허균평전』,『사대부 소대헌 호연재 부부의 한평생』,『중인』 등을 비롯한 저서 10권,『삼국유사』,『서유견문』,『매천야록』『손암 정약전 시문집』 등의 역서 10권이 있으며, 요즘은 조선통신사 문학과 수신사, 표류기 등을 연구하고 있다.

우리 한시 선집 200

연민 이가원 시선

2017년 4월 6일 초판 1쇄 펴냄

옮긴이 허경진
펴낸이 김흥국
펴낸곳 도서출판 보고사

책임편집 황효은, 이순민
표지디자인 새와나무

등록 2001년 9월 21일 제307-2006-55호
주소 경기도 파주시 회동길 337-15 2층
전화 031-955-9797(대표)
　　　02-922-5120~1(편집), 02-922-2246(영업)
팩스 02-922-6990
메일 kanapub3@naver.com / bogosabooks@naver.com
http://www.bogosabooks.co.kr

ISBN 979-11-5516-664-2 04810
　　　979-11-5516-663-5 (세트)
ⓒ 허경진, 2017

정가 10,000원